AF301255

Tucholsky · Wagner · Zola · Scott · Sydow · Fonatne · Freud · Schlegel · Turgenev · Wallace · Twain · Walther von der Vogelweide · Fouqué · Friedrich II. von Preußen · Weber · Freiligrath · Frey · Fechner · Fichte · Weiße Rose · von Fallersleben · Kant · Ernst · Richthofen · Frommel · Hölderlin · Engels · Fielding · Eichendorff · Tacitus · Dumas · Fehrs · Faber · Flaubert · Eliasberg · Ebner Eschenbach · Feuerbach · Maximilian I. von Habsburg · Fock · Eliot · Zweig · Vergil · Ewald · London · Goethe · Elisabeth von Österreich · Mendelssohn · Balzac · Shakespeare · Dostojewski · Ganghofer · Trackl · Lichtenberg · Rathenau · Doyle · Gjellerup · Mommsen · Stevenson · Hambruch · Thoma · Tolstoi · Lenz · Hanrieder · Droste-Hülshoff · Dach · Verne · von Arnim · Hägele · Hauff · Humboldt · Karrillon · Reuter · Rousseau · Hagen · Hauptmann · Gautier · Garschin · Defoe · Hebbel · Baudelaire · Damaschke · Descartes · Hegel · Kussmaul · Herder · Wolfram von Eschenbach · Darwin · Dickens · Schopenhauer · Rilke · George · Bronner · Melville · Grimm · Jerome · Bebel · Proust · Campe · Horváth · Aristoteles · Voltaire · Federer · Herodot · Bismarck · Vigny · Barlach · Heine · Gengenbach · Storm · Casanova · Tersteegen · Gilm · Grillparzer · Georgy · Chamberlain · Lessing · Langbein · Gryphius · Brentano · Lafontaine · Claudius · Schiller · Kralik · Iffland · Sokrates · Strachwitz · Schilling · Katharina II. von Rußland · Bellamy · Raabe · Gibbon · Tschechow · Gerstäcker · Löns · Hesse · Hoffmann · Gogol · Wilde · Gleim · Vulpius · Luther · Heym · Hofmannsthal · Klee · Hölty · Morgenstern · Goedicke · Roth · Heyse · Klopstock · Kleist · Luxemburg · Puschkin · Homer · Mörike · Musil · Machiavelli · La Roche · Horaz · Navarra · Aurel · Musset · Kierkegaard · Kraft · Kraus · Nestroy · Lamprecht · Kind · Kirchhoff · Hugo · Moltke · Marie de France · Laotse · Ipsen · Liebknecht · Nietzsche · Nansen · Ringelnatz · Marx · Lassalle · Gorki · Klett · Leibniz · von Ossietzky · May · vom Stein · Lawrence · Irving · Petalozzi · Knigge · Platon · Pückler · Michelangelo · Kafka · Sachs · Poe · Kock · Liebermann · Korolenko · de Sade · Praetorius · Mistral · Zetkin

Der Verlag tredition aus Hamburg veröffentlicht in der Reihe **TREDITION CLASSICS** Werke aus mehr als zwei Jahrtausenden. Diese waren zu einem Großteil vergriffen oder nur noch antiquarisch erhältlich.

Symbolfigur für **TREDITION CLASSICS** ist Johannes Gutenberg (1400 — 1468), der Erfinder des Buchdrucks mit Metalllettern und der Druckerpresse.

Mit der Buchreihe **TREDITION CLASSICS** verfolgt tredition das Ziel, tausende Klassiker der Weltliteratur verschiedener Sprachen wieder als gedruckte Bücher aufzulegen – und das weltweit!

Die Buchreihe dient zur Bewahrung der Literatur und Förderung der Kultur. Sie trägt so dazu bei, dass viele tausend Werke nicht in Vergessenheit geraten.

Dietegen

Gottfried Keller

Impressum

Autor: Gottfried Keller
Umschlagkonzept: toepferschumann, Berlin

Verlag: tredition GmbH, Hamburg
ISBN: 978-3-8424-6890-0
Printed in Germany

Gottfried Keller

Dietegen

An den Nordabhängen jener Hügel und Wälder, an welchen südlich Seldwyla liegt, florierte noch gegen das Ende des fünfzehnten Jahrhunderts die Stadt Ruechenstein im kühlen Schatten. Grau und finster war das gedrängte Korpus ihrer Mauern und Türme, schlecht und recht die Rät und Bürger der Stadt, aber streng und mürrisch, und ihre Nationalbeschäftigung bestand in Ausübung der obrigkeitlichen Autorität, in Handhabung von Recht und Gesetz, Mandat und Verordnung, in Erlaß und Vollzug. Ihr höchster Stolz war der Besitz eines eigenen Blutbannes, groß und dick, den sie im Verlauf der Zeiten aus verschiedenen zerstreuten Blutgerichten von Kaiser und Reich so eifrig und opferfreudig an sich gebracht und abgerundet hatten, wie andere Städte ihre Seelenfreiheit und irdisches Gut. Auf den Felsvorsprüngen rings um die Stadt ragten Galgen, Räder und Richtstätten mannigfacher Art, das Rathaus hing voll eiserner Ketten mit Halsringen, eiserne Käfige hingen auf den Türmen, und hölzerne Drehmaschinen, worin die Weiber gedrillt wurden, gab es an allen Straßenecken. Selbst an dem dunkelblauen Flusse, der die Stadt bespülte, waren verschiedene Stationen errichtet, wo die Übeltäter ertränkt oder geschwemmt wurden, mit zusammengebundenen Füßen oder in Säcken, je nach der feineren Unterscheidung des Urteils.

Die Ruechensteiner waren nun nicht etwa eiserne, robuste und schreckhafte Gestalten, wie man aus ihren Neigungen hätte schließen können; sondern es war ein Schlag Leute von ganz gewöhnlichem, philisterhaftem Aussehen, mit runden Bäuchen und dünnen Beinen, nur daß sie durchweg lange gelbe Nasen zeigten, eben dieselben, mit denen sie sich gegenseitig das Jahr hindurch beschnarchten und anherrschten. Niemand hätte ihrem kümmelspalterischen Leiblichen, wie es erschien, so derbe Nerven zugetraut als zum Anschaun der unaufhörlichen Hochnotpeinlichkeit erforderlich waren. Allein sie hatten's in sich verborgen.

So hielten sie ihre Gerichtsbarkeit über ihrem Weichbilde ausgespannt gleich einem Netz, immer auf einen Fang begierig; und in der Tat gab es nirgends so originelle und seltsame Verbrechen zu strafen wie zu Ruechenstein. Ihre unerschöpfliche Erfindungsgabe in neuen Strafen schien diejenige der Sünder ordentlich zu reizen und zum Wetteifer anzuspornen; aber wenn dennoch ein Mangel an Übeltätern eintrat, so waren sie darum nicht verlegen, sondern fingen und bestraften die Schelmen anderer Städte; und es mußte einer ein gutes Gewissen haben, wenn er über ihr Gebiet gehen wollte. Denn sobald sie von irgendeinem Verbrechen, in weiter Ferne begangen, hörten, so fingen sie den ersten besten Landläufer und spannten ihn auf die Folter, bis er bekannte oder bis es sich zufällig erwies, daß jenes Verbrechen gar nicht verübt worden. Sie lagen wegen ihren Kompetenzkonflikten auch immer im Streit mit dem Bunde und den Orten und mußten öfter zurechtgewiesen werden.

Zu ihren Hinrichtungen, Verbrennungen und Schwemmungen liebten sie ein windstilles, freundliches Wetter, daher an recht schönen Sommertagen immer etwas vorging. Der Wanderer im fernen Felde sah dann in dem grauen Felsennest nicht selten das Aufblitzen eines Richtschwertes, die Rauchsäule eines Scheiterhaufens, oder im Flusse wie das glänzende Springen eines Fisches, wenn etwa eine geschwemmte Hexe sich emporschnellte. Das Wort Gottes hätte ihnen übel geschmeckt ohne mindestens ein Liebespärchen mit Strohkränzen vor dem Altar und ohne Verlesen geschärfter Sittenmandate. Sonstige Freuden, Festlichkeiten und Aufzüge gab es nicht, denn alles war verboten in unzähligen Mandaten.

Man kann sich leicht denken, daß diese Stadt keine widerwärtigeren Nachbaren haben konnte als die Leute von Seldwyla; auch saßen sie diesen hinter dem Walde im Nacken, wie das böse Gewissen. Jeder Seldwyler, der sich auf Ruechensteiner Boden betreten ließ, wurde gefangen und auf den zuletzt gerade vorgefallenen Frevel inquiriert. Dafür packten die Seldwyler jeden Ruechensteiner, der sich bei ihnen erwischen ließ, und gaben ihm auf dem Markt ohne weitere Untersuchung, bloß weil er ein Ruechensteiner war, sechs Rutenstreiche auf den Hintern. Dies war das einzige Birkenreis, was sie gebrauchten, da sie sich selbst untereinander nicht weh zu tun liebten. Dann färbten sie ihm mit einer höllischen Farbe die lange Nase schwarz und ließen ihn unter schallendem Jubelgelächter nach Hause laufen. Deshalb sah man zu Ruechenstein immer einige besonders mürrische Leute mit geschwärzten, nur langsam verbleichenden Nasen herumgehen, welche wortkarg nach Armensünderblut schnupperten.

Die Seldwyler aber hielten jene Farbtunke stets bereit in einem eisernen Topfe, auf welchen das Ruechensteiner Stadtwappen gemalt war und welchen sie den »freundlichen Nachbar« benannten und samt dem Pinsel im Bogen des nach Ruechenstein führenden Tores aufhängen. War die Beize aufgetrocknet oder verbraucht, so wurde sie unter närrischem Aufzug und Gelage erneuert zum Schabernack der armen Nachbaren. Hierüber wurden diese einmal so ergrimmt, daß sie mit dem Banner auszogen, die Seldwyler zu züchtigen. Diese, noch rechtzeitig unterrichtet, zogen ihnen entgegen und griffen sie unerschrocken an. Allein die Ruechensteiner hatten ein Dutzend graubärtige verwitterte Stadtknechte, welche neue Stricke an den Schwertgehängen trugen, ins Vordertreffen gestellt, worüber die Seldwyler eine solche Scheu ergriff, daß sie zurückwichen und fast verloren waren, wenn nicht ein guter Einfall sie gerettet hätte; denn sie führten Spaßes halber den »freundlichen Nachbar« mit sich und statt des Banners einen langen ungeheuren Pinsel. Diesen tauchte der Träger voll Geistesgegenwart in die schwarze Wichse, sprang mutig den vordersten Feinden entgegen und bestrich blitzschnell ihre Gesichter, also daß alle, die zunächst von der verabscheuten Schwärze bedroht waren, Reißaus nahmen und keiner mehr der vorderste sein wollte. Darüber geriet ihre Schar ins Schwanken; ein unbestimmter Schreck ergriff die hintern, während die Seldwyler ermutigt wieder vordrangen unter wildem Gelächter und die Ruechensteiner gegen ihre Stadt zurückdrängten. Wo diese sich zur Wehre setzten, rückte der gefürchtete Pinsel herbei an seinem langen Stiele, wobei es keineswegs ohne ernsthaften Heldenmut zuging; schon zweimal waren die verwegenen Pinselträger von Pfeilen durchbohrt gefallen, und jedesmal hatte ein anderer die seltsame Waffe ergriffen und von neuem in den Feind getragen.

Am Ende aber wurden die Ruechensteiner gänzlich zurückgeschlagen und flohen mit ihrem Banner in hellem Haufen durch den Wald zurück, die Seldwyler auf den Fersen. Sie konnten sich mit Not in die Stadt retten und das Tor schließen, welches ihre Verfolger samt der Zugbrücke so lange mit dem verwünschten Pinsel schwarz beklecksten, bis jene sich etwas gesammelt und die lärmenden Maler mit Kalktöpfen bewarfen.

Weil nun einige angesehene Seldwyler in der Hitze des Andranges in die Stadt geraten und dort abgeschlossen, dafür aber auch ein

Dutzend Ruechensteiner von den Siegern gefangen worden waren, so verglich man sich nach einigen Tagen zur Auswechslung dieser Gefangenen, und hieraus entstand ein förmlicher Friedensschluß, so gut es gehen wollte. Man hatte sich beiderseitig etwas ausgetobt und empfand ein Bedürfnis ruhiger Nachbarschaft. So wurde ein freundnachbarliches Benehmen verheißen; zum Beginn desselben versprachen die Seldwyler den eisernen Topf auszuliefern und für immer abzuschaffen, und die Ruechensteiner sollten dagegen auf jedes eigenmächtige Strafverfahren gegen spazierende Seldwyler feierlich Verzicht leisten sowie die diesfälligen Rechte überhaupt sorgfältig ausgeschieden werden.

Zur Bestätigung solchen Übereinkommens wurde ein Tag angesetzt und die Berglichtung zur Zusammenkunft gewählt, auf welcher das Haupttreffen stattgefunden hatte. Von Ruechenstein fanden sich einige jüngere Ratsherren ein; denn die Alten brachten es nicht über sich, in Minne mit den Leuten von Seldwyla zu verkehren. Diese erschienen auch wirklich in zahlreicher Abordnung, brachten den »freundlichen Nachbar« mit lustigem Aufwand und führten ein Fäßchen ihres ältesten Stadtweines mit, nebst einigen schönen silbernen und vergoldeten Ehrengeschirren. Damit betörten sie denn die jungen Ruechensteiner Herren, denen ein ungewohnter Sonnenblick aufging, so glücklich, daß sie sich verleiten ließen, statt unverweilt heimzukehren, mit den Verführern nach Seldwyla zu gehen. Dort wurden sie auf das Rathaus geleitet, wo ein gehöriger Schmaus bereit war; schöne Frauen und Jungfrauen fanden sich ein, immer mehrere Stäuffe, Köpfe, Schalen und Becher wurden aufgesetzt, so daß über all dem Glänzen der feurigen Augen und des edlen Metalles die armen Ruechensteiner sich selbst vergaßen und ganz guter Dinge wurden. Sie sangen, da sie nichts anderes konnten, einen lateinischen Psalm um den andern zwischen die Zechlieder der Seldwyler und endeten höchst leichtsinnig damit, daß sie diese dringend einluden, ihrer Stadt mit ihren Frauen und Töchtern einen Gegenbesuch zu machen, und ihnen den freundlichsten Empfang versprachen. Hierauf erfolgte die einmütige Zusage, hierauf neuer Jubel, kurz, die Geschäftsherren von Ruechenstein verabschiedeten sich in vollständiger Seligkeit und hielten sich, Schnippchen schlagend, dazu noch für glückliche Eroberer, als die lachenden Damen ihnen bis zum Tore das Geleit gaben.

Freilich verzog sich das liebliche Antlitz der Sache, als die fröhlichen Herren am andern Tage in ihrer finsteren Stadt erwachten und nun Bericht erstatten mußten über den ganzen Hergang. Wenig fehlte, als sie zum Punkte der Einladung gediehen, daß sie nicht als Behexte inhaftiert und untersucht wurden. Indessen fühlten sie auch obrigkeitliches Blut in ihren Adern, und obgleich sie das Ding selbst schon gereute, so blieben sie doch fest bei der Stange, ihr gegebenes Wort zu lösen, und stellten den Alten vor, wie die Ehre der Stadt es schlechterdings erfordere die Seldwyler gut zu empfangen. Sie gewannen einen Anhang unter der Bürgerschaft, vorzüglich durch ihre Beschreibung des reichen Stadtgerätes, womit die Seldwyler so herausfordernd geprahlt hätten, sowie durch das Herausstreichen ihrer Frauen und deren zierlicher Kleidung. Die Männer fanden, das dürfe man sich nicht bieten lassen, man müsse den eigenen Reichtum dagegen auftischen, der in den eisernen Schränken funkle, und die Frauen juckte es, die strengen Kleidermandate zu umgehen und unter dem Deckmantel der Politik sich einmal tüchtig zu schmücken und zu putzen. Denn das Zeug dazu hatten sie alle in den Truhen liegen, sonst wären ihnen die strengen Verordnungen längst unerträglich gewesen und durch ihre Macht gestürzt worden.

Der Empfang der neuen Freunde und alten Widersacher ward also durchgesetzt, zum großen Verdruß der Bejahrteren. Auch beschlossen diese sogleich, den ärgerlichen Tag durch eine vorzunehmende Hinrichtung zu feiern und damit eine zu lebhafte Fröhlichkeit heilsam und würdig zu dämpfen. Während die jüngeren Herren mit den Zurichtungen zum Feste betätigt waren, trafen jene in aller Stille ihre Anstalten und nahmen einen ganz jungen, unmündigen armen Sünder beim Kragen, der gerade im Netze zappelte. Es war ein bildschöner Knabe von eilf Jahren, dessen Eltern in kriegerischen Zeitläuften verschollen waren und der von der Stadt erzogen wurde. Das heißt, er war einem niederträchtigen und bösen Bettelvogt in die Kost gegeben, welcher das schlanke, wohlgebildete und kraftvolle Kind fast wie ein Haustier hielt und dabei an seiner Frau eine wackere Helferin fand. Der Knabe wurde Dietegen genannt, und dieser Taufname war sein ganzes Hab und Gut, sein Morgen- und Abendsegen und sein Reisegeld in die Zukunft. Er war erbärmlich gekleidet, hatte nie ein Sonntagsgewand besessen und würde an den Feiertagen, wo alles besser gekleidet ging, in seinem Jammerhabitchen wie eine Vogelscheuche ausgesehen haben, wenn er nicht so schön gewesen wäre. Er mußte scheuern und fegen und lauter solche Mägdearbeit verrichten, und wenn die Bettelvögtin nichts Schnödes für ihn zu tun hatte, so lieh sie ihn den Nachbarsweibern aus gegen Mietsgeld, um ihnen alle Lumpereien zu tun, die sie begehrten. Sie hielten ihn trotz seiner Anstelligkeit für einen dummen Kerl, weil er sich stillschweigend allem unterzog und nie Widerstand leistete; und dennoch vermochten sie nicht lang ihm in die feurigen Augen zu blicken, wenn er in unbewußter Kühnheit blitzend umhersah.

Vor mehreren Tagen nun war Dietegen gegen Abend zum Küfer geschickt worden, um Essig zu holen, da es seine Pflegeeltern nach einem Salat gelüstete. Der Essig wurde seit alter Zeit in einem kleinen Kännchen gehalten, welches, schwarz angelaufen, wie es war, für schlechtes Blech angesehen wurde und schon von der Mutter der Bettelvögtin einst für ein paar Pfennige nebst anderm Gerümpel gekauft worden, das aber in der Tat von gutem Silber war. Der Küfer, der den Essig machte, wohnte in einer einsamen Gegend hinter der Stadtmauer. Wie nun der Knabe mit seinem Kännchen so daherkam, schlich ein alter Jude mit seinem Sack vorbei, welcher schnell einen Blick auf das zierlich gearbeitete, obwohl schmutzige Gefäß warf und es dem Burschen mit schmeichlerischen Worten zur näheren Betrachtung abforderte. Dietegen gab es hin, der Jude schürfte heimlich mit seinem großen Daumnagel daran und bot dem Erstaunten sogleich eine hübsch aussehende Armbrust dafür zum Tausch an, welche er aus dem Sacke zog, nebst einigen Bolzen in einer Tasche von zerfressenem Otterfell. Begierig griff der Junge nach der Waffe und spannte sie sogleich mit geschickter und kräftiger Hand, während der Hebräer sachte seines Weges ging, ohne daß jener sich weiter um ihn kümmerte. Im Gegenteil fing er alsobald an, nach der Türe eines kleinen Turmes zu schießen, der dort an die Mauer gebaut war, und ohne von jemand gestört zu werden, setzte er, die ganze Welt vergessend, das Spiel fort, bis es dunkelte, und schoß immer fort im Scheine des aufgegangenen Mondes.

Unterdessen hatte der Bettelvogt auch noch einen Gang um die Stadt gemacht und den Juden gefangen, welcher eben aus dem Tore schlüpfen wollte. Als der Sack des Juden untersucht wurde, erkannte der Vogt verwundert sein Essigkrüglein, das er soeben dem Pflegling selbst in die Hand gegeben. Der Jud, in der Angst um seinen Hals, gestand sogleich, daß es von Silber sei, und gab vor, ein junger Mensch habe es ihm mit Gewalt für eine herrliche Armbrust aufgedrängt, die gleichwohl nicht so viel wert sein möge. Jetzt lief der Bettelvogt und holte einen Goldschmied; der prüfte das Kännchen und bestätigte, daß es ein altes feines Ding von Silber sei und von trefflicher Arbeit. Da gerieten der Bettelvogt und sein Weib, das mittlerweile auch herbeigelaufen, in die größte Aufregung und Wut, erstens weil sie, ohne es zu wissen, ein so kostbares Essighäfelchen besessen, und zweitens weil sie fast darum gekommen wären. Die Welt schien ihnen voll des ungeheuersten Unrechtes zu gären, das Kind erschien ihnen als der Erbfeind, der ihre ewige Seligkeit, den Lohn unendlicher Duldungen und Verdienste, beinah entführt hätte. Sie stellten sich plötzlich, als ob sie von je gewußt hätten, daß die Kanne von Silber sei, und als ob sie immer in ihrem Hause dafür gegolten. Mit den tollsten Verwünschungen klagten sie den Knaben des schweren Diebstahles an, und während der Arglose noch immer mit seinen Pfeilen beschäftigt war und mit jedem Schusse das Ziel besser traf, zogen schon zwei Haufen von Häschern aus, den Entflohenen zu suchen; an der Spitze des einen zog der Bettelvogt einher, vor dem andern die Frau, die es sich nicht nehmen ließ. So stießen sie von verschiedenen Seiten bald auf den Schützen, welcher rüstig im Mondlicht hantierte und wie aus einem Traum erwachte, als er unversehens umringt war. Nun fiel ihm erst seine Versäumnis ein und zugleich der Mangel des Kännchens. Aber er glaubte, einen guten Handel gemacht zu haben, reichte auch lächelnd dem Bettelvogt die Armbrust hin, um ihn zu begütigen. Nichtsdestoweniger wurde er auf der Stelle gebunden, ins Gefängnis geschleppt, verhört, und er gab den ganzen Hergang zu, ohne sich im mindesten verteidigen zu können.

Dies arme Kind wurde nun zum Galgen verurteilt und die Hinrichtung auf den Tag verlegt, da die Seldwyler zum Besuch kommen wollten.

Sie erschienen denn auch in stattlichem Zuge, in leuchtenden Farben und ihre Stadttrompeter an der Spitze; übrigens waren sie alle mit guten Schwertern und Dolchen bewaffnet, führten aber nichtsdestominder ein Dutzend ihrer kecksten jungen Frauen, reich geschmückt, in der Mitte und sogar einige Kinder in den Stadtfarben, welche Geschenke trugen. Die jungen Ratsherren von Ruechenstein, ihre Freunde, ritten ihnen eine Strecke vor das Tor entgegen, bewillkommten sie und führten sie etwas kleinmütig in die Stadt. Das Tor war möglichst abgekratzt, frisch übertünkt und mit etwas magerm Kranzwerk behangen. Innerhalb des Tores aber standen die sämtlichen Stadtknechte aufgestellt in voller Rüstung, welche rasselnd und klirrend den Zug durch die schattig dunklen Straßen begleiteten. Die Leute guckten stumm, aber neugierig aus den Fenstern, wie wenn ein Meerwunder sich durch die Gasse gewälzt hätte, und wo ein Seldwyler lustig hinaufsah und grüßte, da fuhren die Weiber scheu mit den Köpfen zurück. Ihre Männer hingegen drückten sich seltsam die Nasenspitzen an den grünlichen Glasscheiben platt, um die ungewohnte Erscheinung bloßer Frauenhälse zu beobachten.

Also erreichte der Zug die große Ratsstube. Die war reich, aber düster anzusehen, Wände und Decke ganz mit schwarz gefärbtem Eichenholz getäfert mit etwas Vergoldung. Eine lange Tafel war mit gewirktem Linnenzeug gedeckt, worein Laubwerk mit Hirschen, Jägern und Hunden mit grüner Seide und Goldfäden gewoben war. Darüber lagen noch feine Tüchlein von ganz weißem Damast, welche bei näherm Hinsehen ein gar kunstreiches Bildwerk von sehr fröhlichen Göttergeschichten zeigte, wie man sie in diesem gravitätischen Saale am wenigsten vermutet hätte. Auf diesem prächtigen Gedecke stand nun alles bereit, was zu einer öffentlichen Mahlzeit gehörte, und darunter besonders eine große Zahl köstlicher Geschirre, welche wiederum in getriebener Arbeit, bald halb erhoben, bald rund, eine glänzende Welt bewegter Nymphen, Najaden und anderer Halbgötter zur Schau trugen; sogar das Hauptstück, ein hoch aufgetakeltes silbernes Kriegsschiff, sonst ganz ehrbar und staatsmäßig, zeigte als Galion eine Galatea von den verwegensten Formen.

Längs dieser Tafel ging eine Anzahl von Ratsfrauen auf und ab, in starre schwarze oder blutrote Seidengewänder gekleidet, von steifem Spitzenschmuck bis an das Kinn verhüllt. Sie trugen vielfache goldene Ketten, Gürtel und Hauben und über den Handschuhen eine Menge Ringe an allen Fingern. Diese Frauen waren nicht häßlich, sondern eher hübsch zu nennen; wenigstens waren fast alle mit einer zarten durchsichtigen Gesichtsfarbe und zierlichen roten Wänglein begabt; aber sie sahen so unfreundlich, streng und sauer aus, daß man zweifelte, ob sie je in ihrem Leben gelacht, wenn nicht höchstens einmal in dunkler Nacht, wenn sie dem Mann die erste Nachtmütze aufgeschwatzt hatten.

Die Begrüßung war denn auch befangen genug und man war allerseits froh, bald am Tische zu sitzen und die Verlegenheit mit Essen und Trinken zu vertreiben. Die Seldwyler fanden zuerst ihre natürliche Heiterkeit wieder und zwar durch die Bewunderung des reichen Tafelzeuges. Dies gefiel den Ruechensteinern nicht übel und sie schickten sich eben an, ein steifes Gespräch zu führen, als die Sache eine Wendung nahm, die sie sich nie geträumt hätten. Denn die Seldwyler, welche ihre Augen gebrauchten, entdeckten alsobald die heitern und anmutigen Darstellungen der gewirkten Decken sowohl wie der Trinkgeschirre, ließen die Blicke voll lachenden Vergnügens über die freien und üppigen Szenen schweifen, machten sich gegenseitig aufmerksam und wußten scherzend und zierlich das Dargestellte zu deuten und zu benennen, und die Damen hielten sich so wenig zurück als die Herren. Dies dünkte die Wirte und Wirtinnen doch etwas kindisch und sie sahen jetzt auch näher zu, was denn da so lustig zu betrachten wäre. Wie vom Himmel gefallen, erstarrten sie mit offenem Munde! Sie hatten in ihrem beschränkten Sinne all die Herrlichkeit noch gar nie genauer beschaut und Zierat schlechtweg für Zierat genommen, der seinen Dienst zu tun habe, ohne daß ernsthafte Leute ihn eines schärfern Blickes würdigen. Nun sahen sie mit Entsetzen, welch eine heidnische Greuelwelt sie dicht unter ihren ehrbaren Augen hatten. Aber sie waren empört über die neugierige und ungezogene Art, mit welcher die Seldwyler den unbedeutenden Tand ans Licht zogen anstatt gesetzt und würdig darüber wegzugehen und nur die Kostbarkeit der Stoffe zu bewundern. Die Herren lächelten sauer und mißvergnügt, wenn hier eine Leda und dort eine Europa entdeckt wurde; die Frauen aber erröteten und wurden blaß vor Zorn, und sie waren eben daran, entrüstet aufzubrechen, als der traurige Klang einer Glocke sie plötzlich beruhigte. Es war das Armensünderglöckchen von Ruechenstein; ein dumpfes Geräusch auf der Straße verkündete, daß der junge Dietegen jetzt zum Galgen hinausgeführt werde. Die ganze Tischgesellschaft erhob sich und eilte an die Fenster, wobei die Ruechensteiner ihren aufgeräumten Gästen mit hämischem Lächeln den Platz freiließen.

Ein Pfaffe, ein Henker mit seinem Knecht, einige Gerichtspersonen und Scharwächter zogen vorbei und an ihrer Spitze ging der gute Dietegen barfuß und nur mit einem weißen, schwarzgesäumten Armesünderhemde bekleidet, die Hände auf den Rücken gebunden und vom Henker an einem Stricke geführt. Das schöne Haar fiel ihm auf den glänzenden bloßen Nacken, verwirrt und flehend sah er, wie Hilfe und Erbarmen suchend, an die Häuser hinauf. Unter dem Portale des Rathauses standen die festlich geputzten Knaben und Mädchen der Seldwyler, welche nach Kinderart vom Tische gesprungen und ins Freie geeilt waren. Als der arme Sünder diese hübschen und glücklichen Kinder erblickte, dergleichen er noch nie gesehen, wollte er vor ihnen stehen bleiben und die Tränen liefen ihm heiß über die Wangen; doch der Henker stieß ihn vorwärts, daß der Zug vorüberging und bald verschwand. Die Seldwylerinnen oben erblaßten und auch ihre Männer faßte ein tiefes Grauen, da sie überhaupt nicht Liebhaber von dergleichen Vorgängen waren. Es ward ihnen unheimlich bei diesen Menschen, so daß sie dem Drängen ihrer Frauen, welche fort wollten, nachgaben und sich, so höflich sie konnten, beurlaubten. Die Ruechensteiner dagegen waren mit dem Trumpf, welchen sie ausgespielt, zufrieden und fast heiter geworden; sie führten daher ihre werten Gäste, wie sie sagten, guter Dinge wieder zum Tore hinaus, galant und gesprächig.

Vor dem Tore stieß der Zug auf die zurückkehrenden Richtmenschen, welche mürrisch vorbeigingen. Gleich darauf folgte ein einzelner Knecht, der einen Karren vor sich herstieß, auf welchem der Gerichtete in einem schlechten Sarge lag. Scheu und ehrerbietig hielt der arme Teufel an und stellte sich zur Seite, um die glänzenden Leute vorüberziehen zu lassen, und er rückte den losen Sargdeckel zurecht, welcher stets herabzufallen und den Gehängten zu enthüllen drohte. Nun war unter den Kindern der Seldwyler ein siebenjähriges Mädchen, keck, schön und lockig, das hatte nicht aufgehört zu weinen, seit es den Knaben hatte dahinführen sehen, und konnte nicht getröstet werden. Wie der Zug jetzt an dem Karren vorbeiging, sprang das Kind wie ein Blitz hinzu, stieg auf das Rad und warf den Deckel hinunter, so daß der leblose Dietegen vor aller Augen lag. In demselben Augenblicke schlug er die Augen auf und tat einen leisen Atemzug; denn er war in der Zerstreuung des Tages schlecht gehenkt und zu früh vom Galgen genommen worden, weil die Beamteten noch etwas von der Mahlzeit zu erschnappen gedachten. Das heftige Mädchen schrie laut auf und rief. »Er lebt noch! er lebt noch!« Sogleich drängten sich die Frauen von Seldwyla um den Sarg, und als sie den schönen erbleichten Knaben sich regen sahen, bemächtigten sie sich seiner, nahmen ihn vom Karren und riefen ihn vollends ins Leben zurück, indem sie ihn rieben, mit Wasser besprengten, ihm Wein einflößten und ihn auf jede Weise pflegten. Die Männer unterstützten sie dabei, während die Herren Ruechensteiner ganz betroffen umherstanden und nicht wußten, was sie tun sollten. Als der Knabe endlich wieder auf den Füßen stand und sich umschaute, wie wenn er im Paradies erwacht wäre, erblickt' er plötzlich den Henkersknecht, der ihm den Strick umgelegt hatte, und entsetzt, daß auch dieser, wie er meinte, mit in den Himmel gekommen sei, flüchtete und drängte er sich aufs neue in die Frauen hinein. Gerührt baten diese die gestrengen Nachbaren, daß sie ihnen den Buben schenken möchten, zum Zeichen guter Freundschaft; die Männer stimmten ihnen bei, und die Ruechensteiner, nachdem sie eine Weile geratschlagt, erklärten, daß sie nichts dagegen einzuwenden hätten, wenn sie den kleinen Sünder mitnähmen, und daß er ihnen, wie er da wäre, geschenkt sein solle samt seinem Leben. Da waren die hübschen Frauen und ihre Kinder voll Freuden, und Dietegen zog, wie er war, in seinem Armsünderhemde mit ihnen davon. Es war aber ein schöner Sommerabend, weswegen, als die Seldwyler auf der Höhe des Berges und auf ihrem Gebiete angekommen waren, sie beschlossen, sich hier in dem abendlichen Sommerwalde noch auf eigene Rechnung zu belustigen und von dem gehabten Schrecken zu erholen, zumal ihnen aus ihrer Stadt noch ein ansehnlicher Zuzug entgegenkam, voll Neugierde, wie es ihnen ergangen sei. So mußten denn die Musikanten wieder aufspielen und die mitgeführten Becher kreisten erst jetzt in voller Fröhlichkeit.

Dietegen blickte so glückselig, neugierig und harmlos umher, daß man von weitem sah, daß das ein unschuldiges Kind war, was seine Erzählung auch bestätigte. Die Seldwylerinnen konnten sich nicht satt an ihm sehen, flochten ihm einen Kranz von Laub und Waldblumen auf den Kopf, daß er in seinem langen weiten Hemde gar lieblich aussah, und endlich küßten sie ihn der Reihe nach, und wenn ihn die letzte aus den Armen ließ, nahm ihn die erste wieder beim Kopf.

Aber jenes kleine Mädchen, welches den Dietegen eigentlich gerettet hatte, trat jetzt plötzlich aus der Menge hervor und stellte sich zornig zwischen den Knaben und die Frau, welche ihn eben küssen wollte; es nahm ihn eifrig bei der Hand, um ihn in den Kreis der Kinder zu führen, so daß die Gesellschaft in neue Heiterkeit ausbrach und rief. »So ist es recht! Die kleine Küngolt hält ihre Eroberung fest! Und Geschmack hat sie auch, seht nur, wie gut das Männchen zu ihr paßt!« Küngolts Vater aber, der Forstmeister der Stadt, sagte: »Der Bub gefällt mir wohl, er hat sehr gute Augen! Wenn es den Herren recht ist, so nehme ich ihn einstweilen bei mir auf, da ich doch nur ein Kind habe, und will sehen, daß ich einen ehrlichen Weidmann aus ihm mache!«

Dieser Vorschlag erhielt den Beifall der Seldwyler, und so ließ Küngolt, wohl zufrieden, ihren Dietegen nicht mehr von der Hand, sondern hielt ihn fest bei sich. Das Pärchen nahm sich in der Tat höchst anmutig aus; auch das Mädchen trug einen üppigen Kranz auf dem Köpfchen und war in Grün und Rot gekleidet. Deshalb gingen sie wie ein Bild aus alter Märchenzeit vor dem fröhlichen Volke her, als dieses endlich beim glühenden Abendrot berghinunter heimwärts zog. Bald jedoch trennte sich der Forstmeister von dem Zuge und ging mit den Kindern seitwärts nach seinem Forsthause, welches unweit der Stadt im Walde lag. Ein dunkler Baumgang führte zu dem Hause, in welchem die stille Frau des Försters saß und mit Erstaunen die Kinder eintreten sah. Sogleich sammelte sich auch das Gesinde, und während die Frau den müden Kindern zu essen gab, erzählte der Mann das Abenteuer mit dem Knaben. Der war aber jetzt gänzlich erschöpft, auch fror es ihn in seiner allzu leichten Tracht; daher wurde herumgefragt, wer den Ankömmling für die erste Nacht in seinem Bette aufnehmen wolle? Aber die Knechte sowie die Magd wichen scheu zurück und hüteten sich, ein

Kind zu berühren, das soeben am Galgen gehangen hatte. Da rief Küngolt eifrig: »Er soll in meinem Bettchen schlafen, es ist groß genug für uns beide!« Als hierüber alles lachte, sagte die Forstmeisterin freundlich: »Das soll er, mein Kind!« Und den Jungen liebevoll betrachtend, setzte sie hinzu: »Gleich als der arme Schelm hereintrat, befiel mich eine sonderbare Ahnung, als ob ein guter Engel erschiene, der uns noch zum Heil gereichen würde. Soviel ist sicher nach meinem Gefühle: Unheil wird er uns nicht bringen!«

Damit führte sie die Kinder in das Kämmerchen neben der großen Stube und beförderte sie zu Bette. Dietegen, welcher kaum mehr sah und hörte, was um ihn vorging, machte die gewohnten Bewegungen, um sich zu entkleiden; da er aber sozusagen schon im Hemde war, so machten seine schlaftrunkenen vergeblichen Versuche einen so komischen Eindruck auf das Mädchen, welches inzwischen schon unter die Decke geschlüpft war, daß es vor Vergnügen laut auflachte und rief. »O seht mir den Hemdlemann! Er will sich immer ausziehen und hat doch weder Wämschen noch Stiefelchen an!« Auch die Mutter mußte lächeln und sagte: »Geh in Gottes Namen nur in deinem Armsünderhemdchen zu Bett, du liebet Schelm! Es ist ja ganz neu und dazu von guter Leinwand! Wahrlich, die bösen Leute zu Ruechenstein betreiben ihre Greuel wenigstens mit einem gewissen Aufwand!«

Damit deckte sie die Kinder behaglich zu und konnte sich nicht enthalten, beide zu küssen, so daß nun Dietegen herrlicher aufgehoben war als er es sich noch am Morgen oder je in seinem Leben geträumt hätte. Aber seine Augen waren schon geschlossen und seine Seele in tiefem Schlafe. »Nun hat er aber gar nicht gebetet!« sagte Küngolt halblaut und bekümmert, worauf die Mutter erwiderte: »So bete du auch für ihn, mein Kindchen!« und in die Stube zurückging. In der Tat sprach das Mädchen nun zwei Vaterunser, eines für sich und eines für seinen Schlafkameraden, worauf es still wurde im dunklen Kämmerlein.

Geraume Zeit nach Mitternacht erwachte Dietegen, weil nun erst ihn sein Hals zu schmerzen begann von dem unfreundlichen Strick. Das Gemach war ganz hell vom Mondschein, aber er konnte sich durchaus nicht entsinnen, wo er war und was aus ihm geworden sei. Nur das erkannte er, daß es ihm, vom Halsweh abgesehen, unendlich wohl ergehe. Das Fenster stand offen, ein Brunnen klang lieblich herein, die silberne Nacht webte flüsternd in den Waldbäumen, über welchen der Mond schwebte: alles dies schien ihm unbegreiflich und wunderbar, da er noch nie den Wald, weder bei Tag noch bei Nacht, gesehen hatte. Er schaute, er horchte, endlich richtete er sich auf und sah neben sich Küngoltchen liegen, welcher der Mond gerade ins Gesicht schien. Sie lag still, aber ganz wach, weil sie vor Freude und Aufregung nicht schlafen konnte. Deshalb glänzten ihre Augen weit geöffnet und ihr Mund lächelte, als ihr der nahe Dietegen ins Gesicht schaute und sich nun besann. »Warum schläfst du nicht? du mußt schlafen!« sagte das Mädchen; allein er klagte nun, daß ihm der Hals weh täte. Sogleich schlang Küngolt ihre zarten Ärmchen um seinen Hals und schmiegte mitleidig ihre Wangen an die seinigen, und wirklich glaubte er bald nichts mehr von dem Schmerze zu verspüren, so heilsam schien ihm dieser Verband. Nun plauderten sie halblaut; Dietegen mußte von sich erzählen; allein er war einsilbig, weil er nicht viel zu sagen wußte, was ihn freute, und vom erlebten Elend konnte er keine Darstellung machen, weil er noch keinen Gegensatz davon kannte, den heutigen Abend ausgenommen. Doch fiel ihm plötzlich sein Vergnügen mit der Armbrust ein, das er seither ganz vergessen, und er erzählte von dem alten Juden, wie der ihn in die Tinte gebracht, wie er aber herrlich geschossen habe länger als eine Stunde und wie er sich nur wieder eine solche Armbrust wünsche. »Armbrüste und Schießzeug hat mein Vater genug, da kannst du gleich morgen anfangen zu schießen, soviel du willst!« sagte Küngoltchen, und nun fing sie an herzuzählen, was alles für gute Dinge und schöne Sachen im Hause seien, was sie selbst für Hauptsachen in einer kleinen Truhe besitze, zwei goldene Regenbogenschüsselchen, ein Halsband von Bernstein, ein Legendenbüchlein mit bunten Heiligen und auch einen schönen Schnecken, in welchem eine kleine Mutter Gottes sitze in Gold und roter Seide, mit einem Glasscheibchen bedeckt. Auch gehöre ihr ein vergoldeter silberner Löffel mit einem gewundenen Stiel, mit dem dürfte sie aber erst essen, wenn sie einst groß sei und einen Mann habe; dann bekomme sie zur Hochzeit den Brautschmuck ihrer Mutter und deren blaues Brokatkleid, welches ganz allein aufrecht stehen könne, ohne daß jemand drin stecke. Hierauf schwieg sie ein Weilchen; dann ihren Schlafgesellen fester an sich schließend, sagte sie leiser: »Du, Dietegen!« – »Was?« fragte er, und sie erwiderte: »Du mußt mein Mann werden, wenn wir groß sind, du gehörst mein! Willst du freiwillig?« – »Ja freilich«, sagte er. »So gib mir die Hand darauf!« meinte die Heiratslustige; er tat es, und nach diesem Eheversprechen schliefen sie endlich ein und erwachten nicht, bis die Sonne schon hoch am Himmel stand. Denn die gute Mutter hatte absichtlich, um dem Knaben seine Erholung zu gönnen, auch ihr Kind nicht geweckt.

Jetzt aber trat sie sorglich in die Kammer, ein vollständiges Knabengewand auf dem Arme tragend. Vor zwei Jahren war ihr von einer gefällten Eiche ein Sohn erschlagen worden, dessen Kleider, obgleich er ein Jahr älter gewesen als Dietegen, diesem recht sein mochten, da er vollkommen die Größe jenes verlorenen Kindes besaß. Es war das Feiertagskleid, welches sie mit Leid und Weh aufbewahrt; darum war sie mit der Sonne aufgestanden, um einige bunte Bänder davon abzutrennen, welche dasselbe zierten, und die Schlitze zuzunähen, die das seidene Unterfutter durchschimmern ließen. Ihre Tränen waren über dieser Arbeit wieder geflossen, als sie die rote Seide, welche wie ein verlorener Frühling hervorglänzte, allmählich hinter dem schwarzen Tuche des Wämschens und der kleinen Pumphose verschwinden sah. Aber ein süßer Trost beschlich sie, da ihr das Schicksal jetzt ein so schönes, dem Tod abgejagtes Menschenkind zusandte, welches sie mit der dunklen Hülle ihres eigenen Kindes bekleiden konnte, und sie ließ nicht nur aus Eile, sondern absichtlich die helle Seide darunter, wie das verborgene Feuer ihres eigenen Herzens; denn sie meinte es viel besser und lieblicher mit allen Wesen als sie in ihrer Stille zu zeigen vermochte. Wenn der Junge sich gut anließ, so wollte sie die Schlitze wieder auftrennen; er sollte das Kleid ohnehin nur einige Tage für die Woche tragen, bis ein handfesteres Werkelkleid gezimmert war. Während sie aber dem Knaben Anleitung gab, das ungewohnte Staatskleid sich anzuziehen, war Küngoltchen längst aus dem Bette und hatte unversehens das abgelegte Galgenhemd erwischt und aus Mutwillen sich über den Kopf gezogen, so daß sie jetzt darin herumspazierte und es auf dem Boden nachschleppte. Dazu trug sie die Hände auf dem Rücken, wie wenn sie gebunden wären, und sang: »Ich bin ein armes Sünderlein und habe keinen Strumpf am Bein!« Darüber erschrak die Frau Forstmeisterin tödlich und erbleichte. »Um Christi willen«, sagte sie dennoch sanft und leise,

»wer lehrt dich nur solche schlimmen Späße!« und sie nahm dem vergnügten Kinde das böse Hemd. Dietegen aber ergriff es voll Zorn und zerriß es mit wenig Zügen in zwanzig Stücke.

Nun die Kinder angekleidet waren, ging es endlich zum Frühstück in die Stube. Es war in der Frühe Brot gebacken worden, daher gab es frische Kümmelkuchen zu der Milchsuppe, und statt des kleinen Extrabrötchens, das sonst für Küngolt sorglich gebildet und gebacken werden mußte, daß es in seiner Gestalt den großen Broten gleichsah, waren heute zwei gemacht worden, und das Mädchen ruhte nicht, bis Dietegen das vollkommnere gewählt hatte. Er aß ohne Schüchternheit alles, was man ihm gab, wie wenn er von fremden bösen Leuten in das Vaterhaus zurückgekommen wäre. Aber er war ganz still dabei und besah sich fortwährend die freundliche milde Frau, die helle Stube und die stattlichen Geräte; als er gegessen, setzte er diese Betrachtungen fort; denn die Wände waren mit Tannenholz getäfert und mit buntem Blumenwerk übermalt und in den Fenstern glänzten zwei gemalte Scheiben mit den Wappen des Mannes und der Frau. Als er auch das Buffet mit dem blanken Zinngeschirr aufmerksam beschaut, erinnerte er sich plötzlich des schmutzigen Silberkännchens, das ihn ins Unglück gebracht, und der unfreundlichen Bettelvogtswohnung, und in der Meinung, er müsse wieder dahin zurückkehren, sagte er ängstlich: »Muß ich jetzt wieder nach Haus gehen? Ich weiß den Weg nicht!«

»Den brauchst du auch nicht zu wissen«, sagte die Mutter gerührt und streichelte ihm das Kinn; »hast du noch nicht gemerkt, daß du bei uns bleiben mußt? Geh jetzt mit ihm herum, Küngoltchen, und zeig ihm das Haus und den Wald und alles, aber geht nicht zu weit!«

Da nahm ihn Küngoltchen bei der Hand und führte ihn in des Forstmeisters Kammer, wo er seine Waffen bewahrte. Sechs oder sieben schöne Armbrüste hingen dort, ferner Jagdspieße, Hirschfänger, Weidmesser und Dolche; auch des Forstmeisters langes Schwert stand in einer Ecke. Dietegen beschaute alles, ohne ein Wort zu sprechen, aber mit glänzenden Augen; Küngolt stieg auf einen Stuhl, um ihm die Armbrüste herunter zu reichen, von denen einige mit eingelegter Arbeit künstlich verziert waren. Er bewunderte alles mit ehrerbietigen Blicken, wie etwa ein talentvoller Junge sich in der Werkstatt eines großen Malers umsieht, während dieser nicht zu Hause ist. Küngolts Versprechen, eine Schießbelustigung anzustellen, konnte freilich nicht ausgeführt werden, weil die Bolzen in einem Kasten verschlossen waren; dafür gab sie ihm einen schönen kurzen Spieß in die Hand, damit er eine Waffe trage, und führte ihn nun in den Forst hinaus. Zunächst kamen sie durch einen eingehegten Wildgarten, in welchem die Stadt zahmes Rotwild pflegen ließ, damit es ja nie an einem guten Braten fehle zu ihren öffentlichen Schmausereien. Das Mädchen lockte einen Hirsch herbei und einige Rehe; solche Tiere hatte Dietegen bisher nur tot gesehen; er stand deshalb ganz verzückt mit seinem Spieß auf der Schulter und konnte sich nicht satt schauen an dem Stehn und Gehen des schönen Wildes. Begierig streckte er die Hand aus nach dem stolzen Hirsch, um ihn zu streicheln, und als derselbe mit einem Satze seitwärts sprang und lässig davontrabte, lief er ihm aufjubelnd und jauchzend nach und sprang mit ihm in die Wette im weiten Kreise herum. Es war vielleicht das erstemal in seinem Leben, daß er auf diese Weise seine Glieder brauchte und seiner Lebenslust inne ward, und der Hirsch, voll Anmut und Kraft, schien den behenden Knaben zu seinem Vergnügen zu verlocken und, indem er vor ihm floh, seine schönsten Sprünge zu üben.

Doch Dietegen wurde wieder still und beschaulich, als sie den Hochwald betraten, in welchem die Tannen und die Eichen, die Fichten und die Buchen, der Ahorn und die Linde dicht ineinander zum Himmel wuchsen. Das Eichhörnchen blitzte rötlich von Stamm zu Stamm, die Spechte hämmerten, hoch in der Luft schrieen die Raubvögel und tausend Geheimnisse rauschten unsichtbar in den Laubkronen und im dichten Gestäude. Küngolt lachte wie närrisch, weil der arme Dietegen nichts von allem verstand und kannte, obgleich er in einem Berg- und Waldstädtchen aufgewachsen, und sie wußte ihm alles geläufig zu weisen und zu benennen. Sie zeigte ihm den Häher, der hoch in den Zweigen saß, und den bunten Specht, der eben um einen Stamm herumkletterten und über alles wunderte er sich höchlich und daß die Bäume und Sträucher so viele Namen hatten. Nicht einmal die Haselnuß- und die Brombeersträucher hatte er gekannt. Sie kamen an einen rauschenden Bach, in welchen, von ihren Füßen aufgescheucht, eben eine Schlange schlüpfte und davonschwamm oder sich in den Steinen verkroch. Schnell riß sie ihm den Spieß aus der Hand und wollte damit in dem Wasser herumstechen, um die Schlange aufzustöbern. Aber als Dietegen sah, daß sie die blankgeschliffene schöne Waffe mißhandeln wollte, nahm er ihr dieselbe stracks wieder aus den Händen und machte sie aufmerksam, wie sie die glänzende scharfe Spitze an den Steinen verderben würde. »Das ist wohlgetan von dir, du wirst gut zu brauchen sein!« sagte plötzlich der Forstmeister, der mit einem Knechte hinter den Kindern stand. Sie hatten ihn wegen des Bachgeräusches nicht kommen hören. Der Knecht trug einen geschossenen Auerhahn an der Hand, denn sie waren in der Morgenfrühe schon ausgezogen. Dietegen durfte den prächtigen Vogel an seinen Spieß hängen und über der Schulter vorantragen, daß die entfächerten Flügel seine schlanken Hüften verhüllten, und der Forstmeister betrachtete voll Wohlgefallen den schönen Knaben und verhieß, einen rechten Gesellen aus ihm zu machen.

Vorderhand jedoch sollte er nun notdürftig etwas lesen und schreiben lernen und mußte zu diesem Ende hin jeden Tag mit Küngoltchen zur Stadt gehen, wo in einem Nonnen- und in einem Mönchskloster für die Bürgerkinder einiger Unterricht erteilt wurde. Aber die Hauptunterweisung erhielt Dietegen auf dem Hin- und Herwege, auf welchem das Mädchen ihm die Welt auftat und ihm Auskunft gab über alles, was am Wege stand oder darüber lief. Hiebei befolgte die kleine Lehrjungfer eine Erziehungsart von eigentümlicher Erfindung. Sie neckte, hänselte und belog den unwissenden und leichtgläubigen Knaben erst über alle Dinge, indem sie ihm die dicksten Bären und Erfindungen aufband, und wenn er dann ihre Lügen und Märchen gutmütig glaubte und sich darüber verwunderte, so beschämte sie ihn mit der Erklärung, daß alles nicht wahr sei; nachdem sie ihm dann seinen blinden Glauben spottend verwiesen, verkündigte sie ihm mit großer Weisheit den wahren Bestand der Welt, soweit er ihrem Kinderköpfchen bekannt war, und er befliß sich errötend eines größern Scharfsinnes, bis sie ihm eine neue Falle stellte. Nach und nach aber wurde er dadurch gewitzigt, den Weltlauf besser zu verstehen, was ein anderer Junge zu seinem Schrecken erfahren mußte; denn als dieser es dem Mädchen nachtun wollte und den Dietegen mit einem frechen Aufschnitt bewirtete, schlug der ihn unverweilt ins Gesicht. Küngolt, hierüber verblüfft, war neugierig, ob sich ein solcher Zorn auch gegen sie wenden könnte, und probierte den Schüler auf der Stelle, aber sachte, mit neuen Lügen. Von ihr jedoch nahm er alles an, und sie setzte ihren wunderlichen Unterricht kecklich fort, bis sie entdeckte, daß er gutmütig mit ihren Lügen zu spielen anfing und einen zierlichen Gegenunterricht begann, indem er ihre mutwilligen Erfindungen mit nicht unwitzigen Querzügen durchkreuzte, so daß sie manchmal auf ein glattes Eis gesetzt wurde. Da fand sie, daß es Zeit sei, ihn aus dieser Schule zu entlassen und einen Schritt weiter zu führen. Sie begann ihn jetzt zu tyrannisieren, daß er fast in ärgere Dienstbarkeit verfiel als er einst bei dem Bettelvogt erduldet hatte; alles gab sie ihm zu tragen, zu heben, zu holen und zu verrichten; jeden Augenblick mußte er um sie sein, ihr das Wasser schöpfen, die Bäume schütteln, die Nüsse aufklopfen, das Körbchen halten und die Schuhe binden; und selbst ihr das Haar zu strählen und zu flechten wollte sie ihn abrichten; aber das schlug er ab. Da schmollte und zankte sie mit ihm, und als ihn die Mutter unterstützte und sie zur Ruhe verwies, wurde sie sogar gegen diese ungebärdig.

Doch Dietegen erwiderte ihre Unart nicht, gab ihr kein böses Wort und war immer gleich geduldig und anhänglich. Das sah die Forstmeisterin mit großem Wohlgefallen, und um ihn dafür zu belohnen, erzog sie den Knaben wie ihr eigenes Kind, indem sie ihm alle jene zarteren und feineren Zurechtweisungen und unmerklichen Leitungen gab, welche man sonst nur dem eigenen Blute zukommen läßt und durch welche man ihm die schöne Farbe herkömmlicher guter Sitte verleiht. Freilich hatte sie davon den Gewinn, daß sie in dem Pflegling einen kleinen Sittenspiegel für das mutwillige Mädchen schuf, und es war drollig anzusehen, wie die unruhige Küngolt bald beschämt ihrem bessern Vorbild nachzuleben trachtete, bald eifersüchtig und zornig auf dasselbe wurde. Einmal war sie so gereizt, daß sie mit einer Schere leidenschaftlich nach ihm stach; Dietegen fing rasch und still ihr Handgelenk, und ohne ihr weh zu tun, ohne einen bösen Blick, wand er die Schere sanft, aber sicher aus ihrer Hand. Dieser Auftritt, welchem die Mutter im verborgenen zugesehen, bewegte sie so heftig, daß sie hervortrat, den Knaben in die Arme schloß und liebevoll küßte. Still und bleich vor Aufregung ging das Mädchen hinaus. »Geh, versöhne dich mit ihr und mach den Trotzkopf wieder gut!« sagte die Mutter; »du bist ihr guter Engel!«

Dietegen suchte sie und fand sie hinter dem Hause unter einem Holunderbaum; sie weinte wild und krampfhaft, zerriß ihre Halsschnur, indem sie dieselbe zusammenzog, als ob sie sich erdrosseln wollte, und zerstampfte die zerstreuten Glasperlen auf dem Boden. Als Dietegen sich ihr näherte und ihre Hände ergreifen wollte, rief sie schluchzend: »Niemand darf dich küssen als ich! Denn du gehörst mir allein, du bist mein Eigentum, ich allein habe dich aus dem Sarge befreit, in dem du auf ewig geblieben wärest!«

Da der Knabe gar stattlich heranwuchs, erklärte der Forstmeister eines Tages, daß es nun Zeit für ihn sei, mit in den Wald zu gehen und die Jägerkunst zu lernen. So wurde er von Küngolts Seite genommen und war die meisten Tage vom Morgengrauen bis zur sinkenden Nacht mit den Männern in den Wäldern, auf Moor und Heide. Erst jetzt reckten sich seine Glieder aus, daß es eine Freude war; rasch und gelenksam wie ein Hirsch gehorchte er auf den Wink und lief zur Stelle, wohin man ihn schickte. Schweigsam und gelehrig war er überall zur Hand, trug die Geräte, half die Netze stellen, sprang über Halden und Gräben und erspähte den Stand des Wildes. Bald kannte er die Fährten aller Tiere, wußte den Lockruf der Vögel nachzuahmen, und ehe man sich's versah, ließ er ein junges Schwarzwild auf den Sauspieß rennen. Nun gab ihm der Forstmeister auch eine Armbrust. Mit derselben übte er sich zu jeder Stunde nach der Scheibe sowohl wie nach lebendigen Zielen, kurz, als Dietegen sechzehn Jahre zählte, war er bereits ein junger Weidmann, den man überall hinstellen durfte, und der Forstmeister sandte ihn schon etwa allein hinaus, die Knechte anzuführen und die Stadtforste zu überwachen.

Dietegen war daher nicht nur mit der Armbrust auf dem Rücken, sondern auch mit dem Schreibzeug im Gürtel auf den Bergen zu sehen, und er gereichte mit seinen wachsamen Augen, mit seinem frischen Gedächtnis seinem Pflegevater zu guter Aushilfe. Da er sich nun so gut anließ, gewann ihn der Forstmeister täglich lieber und sagte, er müsse ihm gänzlich ein ehr- und wehrbaren Stadtmann werden.

Es war begreiflich, daß Dietegen dem Forstmeister mit Leib und Seele anhing; denn nichts gleicht der Neigung eines Jünglings zu dem Manne, von welchem er weiß, daß er ihm sein Bestes zuwenden und lehren will und den er für sein untrügliches Vorbild hält.

Der Forstmeister war ein Mann von etwa vierzig Jahren, groß und fest, von breiten Schultern und schönen Ansehens. Sein goldblondes Haar war bereits von einem Silberschimmer überflogen, dagegen die Gesichtsfarbe frisch gerötet und die blauen Augen groß, offen und voll Feuer. In seiner Jugend war er denn auch der lustigste und wildeste der Seldwyler gewesen, der stets die wunderlichsten Streiche angegeben; als er aber seine junge Frau heimgeführt, änderte er sich augenblicklich und blieb seit der Zeit der gesetzteste und ruhigste Mann von der Welt. Denn die Frau war von äußerst zarter Beschaffenheit, von einer wehrlosen Herzensgüte, und obgleich nicht unwitzig, hätte sie doch mit keinem scharfen Worte einer Unbilde zu widerstehen vermocht. Eine rüstig Streitbare würde den lebhaften Mann wahrscheinlich zu weiterm Tun gereizt haben; gegen die anmutige Schwäche der zarten Frau aber benahm er sich wie die wahre Stärke; er hütete sie wie seinen Augapfel, tat was ihr Freude gewährte und blieb nach vollbrachtem Tagewerk ruhig an seinem Herde.

Nur bei den wichtigsten Festlichkeiten der Stadt, des Jahres etwa drei- oder viermal, ging er unter die Rät und Bürger, führte dort mit frischer Kraft den Reigen, und nachdem er die Alltagszecher einen um den andern unter den Tisch getrunken, ging er als der letzte aufrecht von der Ratsstube und stieg fröhlich in den Wald hinauf.

Aber die Hauptlustbarkeit ergab sich jedesmal am andern Tag, wenn ihm dann doch der Kopf gelinde summte und der Mann mit einer halb verdrießlichen, halb heiteren Löwenlaune erwachte, welche sich in der Tat zu dem kleinen Katzenjammer der Heutigen verhielt wie der Löwe zur Katze.

Zeitig in der hellen Morgensonne erschien er beim Frühstück, und das Unwohlsein bezwingend, eröffnete er dasselbe mit einem mürrischen Scherzworte, einem drolligen Einfall. Seine Frau, welche stets hungrig nach den Witzen ihres sonst schweigsamen Mannes war, lachte sogleich mit so hellem Geklingel, wie man hinter dem sanften Wesen nie gesucht hätte; es lachten die Kinder, die Jäger und das Gesinde. Auf diese Art ging es fort; unter allgemeinem Gelächter wurden die Geschäfte getan, der Forstmeister immer voran, die Axt schwingend oder Lasten hebend. An einem solchen Tage war einst Feuer in der Stadt ausgebrochen; über brennenden Dächern ragte ein unzugängliches hölzernes Fachwerk, in welchem eine vergessene alte Frau jammerte und auf deren Schulter ein zahmer Star sich kläglich und drollig gebärdete. Niemand wußte ihr beizukommen, als der Forstmeister zur Stelle kam. Der erklomm einen Absatz an einer gegenüberstehenden hohen Mauer, zog mit gewaltiger Kraft eine Leiter nach sich, schwenkte sie in der Luft und legte sie nach dem Fenster der Verlassenen hinüber. Auf dieser Schwindelbrücke ging er hin und schritt wieder herüber, das Weib auf den Armen, den Vogel auf dem Kopfe und das leckende Feuer unter sich. Alles dies tat er wie zum Scherze, mit launigen Ausdrücken und Bewegungen.

War dann ein tüchtiges Stück Arbeit getan, so bewirtete er sein Haus auf das beste und hielt eine lustige Nachfeier mit den Seinen. Dabei war er ungewöhnlich zärtlich gegen seine Frau, nahm sie wohl auf die Kniee, zum großen Vergnügen der Kinder, und nannte sie sein Weißkehlchen und seine Schwalbe, und sie, die Arme übereinandergelegt in selbstvergessener Behaglichkeit, verwandte lachend kein Auge von ihm.

An einem solchen Tage war es auch, daß er einen Tanz veranstaltet, da es gerade der erste Mai war. Er ließ einen Spielmann holen und einige junge Leutchen aus der Stadt dazu laden. So wurde denn auf dem glatten Rasen, unter den blühenden Bäumen zunächst des Hauses zierlich getanzt, und der Forstmeister eröffnete den Reigen mit seiner Frau, die sich bescheiden geschmückt hatte, aber ihre feine Gestalt lächelnd herumdrehte. Da sah auch Dietegen, welcher sich die letzten Jahre eifrig zu den Männern gehalten, daß Küngolt ein schönes Weib zu werden begann. Ihr Gesicht, von zarten und lieblichen Zügen, erinnerte an die Mutter; der Wuchs aber artete dem Vater nach; denn sie schoß wie eine junge Tanne in die Höhe, die Brustknochen waren so kühn gewölbt, daß sie trotz ihrer vierzehn Jahre fast vollbusig schien; goldgelbes Ringelhaar fiel üppig über den Rücken und verhüllte die noch eckigen, aber schön und fest geformten Schulterblätter. Sie ging grün gekleidet, trug um den bloßen Hals ihr Bernsteinband und auf dem Haupte, gleich den andern Mädchen, nach damaliger Sitte ein Rosenkränzchen. Ihre Augen leuchteten offen und freundlich umher; aber unversehens blitzten sie einmal mutwillig auf und streiften wie Pfeile über die Jünglinge hin, bis sie einen Augenblick auf Dietegen ruhten und dann wieder weiter fuhren. Dietegen sah unverwandt hin, sie flüchtig noch einmal zurück, worauf er den Blick errötend niederschlug und Küngolt sich an ihrem Haar zu schaffen machte. Das war das erstemal, daß sie sich nicht mehr unbefangen ansahen; aber bald darauf waren sie wieder in der Nähe und fanden sich Hand in Hand in einem Ringreihen. Ein neues süßes Gefühl durchströmte ihn und verließ ihn auch nicht mehr, als der Ring sich wieder löste. Küngolt aber ging von ihm wie von einer Sache, die einem zu eigen gehört und deren man sicher ist; nur zuweilen warf sie einen Blick über ihn, und wenn er etwa in die Nähe anderer Mädchen geriet, war sie unversehens da und stand dazwischen.

Dergestalt herrschte ein glückseliges Leben bis in die Nacht; die Jungen wurden so munter und flügge wie die jungen Holztauben und taten es bald dem lustigen Forstmeister zuvor, und dieser spiegelte sich wohlgemut in dem fröhlichen Nachwuchs, gab aber vor allen seiner Frau die Ehre, deren Wohlgefallen ihn höchlich zu erquicken schien, besonders da sie nun anfing, ihm auch allerlei lustige Spitznamen anzuhängen. So ehrbar nun all die Lustbarkeit war, so hätte sie doch der Bürger einer anderen Stadt vielleicht um ein kleines Maß zu warm befunden; der Würzwein, welchen die Leutchen tranken, war untadelhaft gemischt, aber in ihnen selbst war ein klein bißchen zuviel Zucker und in ihrer Freude um ein weniges zuviel Süßigkeit. Die Hände der jungen Mädchen lagen fortwährend auf den Schultern der Jünglinge und das Völkchen nahm sich auf den Schoß und küßte sich gelegentlich, ohne ein Pfänderspiel vorzuschützen wie die heutigen Philister. Kurz, es fehlte ihnen das Glas und der Kristall einer gewissen Sprödigkeit, mit welcher Dietegen dafür zu reichlich gesegnet war als ein Abkömmling von Ruechenstein. Denn obgleich er bereits verliebt war, floh er das Liebkosen, welches ziemlich allgemein begonnen hatte, wie das Feuer und hielt sich vorsichtig außerhalb der gefährlichen Linie. Desto kecker und zutulicher wurde Küngolt, welche in kindlicher Unwissenheit, nach Art unerwachsenen Mädchen, sich nicht beherrschte, sondern den spröden Knaben aufsuchte, der im Schatten dunkler Bäume saß, und sich neben ihn setzte, seine Hand ergreifend und halb kindlich mit seinen Fingern spielend. Als er dies geschehen ließ und ihr mit der Hand gönnerhaft und sanft, fast wie wenn er ihr Pate wäre, durch das Ringelhaar fuhr, legte sie sogleich den Arm um seinen Hals und liebkoste ihn mit der Unbefangenheit, aber auch mit all dem rückhaltlosen Ungestüm eines Kindes, während es doch schon die Jungfrau in ihr war, die sie bewegte. Dietegen, der kein Kind mehr war, wollte für beide Verstand brauchen und war ängstlich beflissen, sich aus ihren Armen loszumachen, als die fröhlich erregte Forstmeisterin herbeikam und mit Vergnügen die Kinder beisammen sah.

»Das ist recht, daß ihr euch zusammenhaltet«, sagte sie, indem sie beide zumal in die Arme schloß, »sei nur dem Dietegen recht gut, mein Kind! Er verdient es, daß er eine Heimat nicht nur in unserm Hause, sondern auch in deinem Herzchen behält; und du, Dietegen! sei meinem Küngoltchen allezeit ein treuer Wächter und Beschützer und laß es nie aus deinen Augen, denen ich alles Gute zutraue!«

»Er gehört niemand als mir, und das schon lange!« sagte Küngolt fast trotzig und küßte ihn keck und leichthin auf die Wange, halb wie einen Bräutigam und halb wie ein Kind ein junges Kätzchen küßt. Jetzt ward dem armen Burschen zu heiß und unheimlich zwischen Tochter und Mutter; er machte sich ziemlich unsanft von ihnen los und trat einige Schritte weit hinweg, Küngolt verfolgte ihn mutwillig, und als er fliehend wieder in die Nähe der hübschen Mutter kam, fing ihn diese scherzend auf, hielt ihn fest und rief. »Hier hast du ihn, mein Töchterchen! Komm und halt ihn fest!«

Als er aufs neue so gefangen war, klopfte ihm das Herz vor großer Aufregung, und indem er sich so wohl geborgen sah, empfand er erst recht seine Einsamkeit in der Welt. Er kam sich vor wie eine vom Baume des Lebens geschüttelte verlorene Seele, welche, von weichen Händen aufgehoben und gepflegt, nun für immer des eigenen freien Daseins beraubt wäre. Deshalb, wie nun das Gefühl der persönlichen Freiheit mit der zärtlichen Zuneigung in ihm rang, stand er zitternd und schweigend, halb in Empörung gegen die eigenmächtige Zutulichkeit der Frauen, halb in Versuchung, das Mädchen ungestüm an sich zu ziehen und beim Kopf zu nehmen. Er liebte die Mutter mit der treusten und dankbarsten Anhänglichkeit; aber ihre unbefangene Aufmunterung zum Kosen machte ihm wunderlich und schwül zumute; er betrachtete sich als dem Töchterchen ganz zu eigen gehörig; aber höchst ernsthaft war er um ihre gute Sitte besorgt, und als ihn Küngolt nun heftig auf den Mund küssen wollte, hielt er plötzlich die Hand dazwischen und sagte wohlwollend, aber mit dem Tone eines alten Schulmeisters: »Du bist noch zu jung zu diesem! Das schickt sich nicht für dich!«

Das Mädchen wurde blaß vor Unmut und Beschämung; plötzlich ging sie hinweg und mischte sich wieder unter die Gesellschaft, wo sie mit zorniger Ausgelassenheit einigemal herumsprang und sich dann finster zur Seite setzte. Die Forstmeisterin streichelte dem jungen Sittenprediger lächelnd die Wange und sagte: »Ei du bist ja ein gar gestrenger Gespan! Aber um so treuer wirst du um mein Kind sorgen! Versprich mir, es nie zu verlassen! Sieh, wir sind alle ein lustiges Völklein und es mag sein, daß wir zu wenig an die Zukunft denken!«

Dietegen gab ihr mit nassen Augen die Hand und sie führte ihn ebenfalls zu den Leuten zurück. Doch Küngolt kehrte ihm schnöde den Rücken und schaute mit wirklichem Kummer und Zorn in die Mainacht hinaus.

Wunderbar! Nun war das Kind auf einmal groß genug, dem spröden Jünglinge Liebessorge zu machen; denn traurig und betreten stand er auch zur Seite und war noch mehr beschämt als das Mädchen. »Was ist das? Was gibt's da zu grämen?« sagte der vergnügte Forstmeister, als er es bemerkte; und leidenschaftlich fing Küngolt an zu weinen und rief vor aller Welt: »Er ist mir geschenkt worden von den Richtern, da er nichts als ein Leichnam war, den ich zum Leben erweckt habe! Drum hat nicht er über mich zu richten, sondern ich allein über ihn, und er muß tun alles, was ich will, und wenn ich ihn gern küsse, so habe ich es allein zu verantworten und er hat nur still zu halten!«

Alles lachte über diese wunderliche Äußerung; die Forstmeisterin aber nahm den Dietegen bei der Hand, führte ihn zu dem Kinde hin und sagte: »Komm! versöhne dich mit ihr und laß dich diesmal noch küssen! Nachher sollst du auch deinen Willen haben und ihr Vorgesetzter sein in solchen Sachen!« Errötend wegen der vielen Zuschauer bot Dietegen dem Mädchen halbwegs den Mund hin; sie ergriff ihn herrisch bei den Locken, küßte ihn, und nachdem sie noch einen Blick voll Zorn auf ihn geworfen, ging sie so rasch und trotzig hinweg, daß der goldene Flug ihres Ringelhaares in der Nachtluft wehte und Dietegens Gesicht im Vorübergehen streifte. Jetzt glühte auch in ihm ein leidenschaftliches Wesen auf; er verließ bald nach ihr den Kreis und suchte die wilde Küngolt schnell und schneller, bis er sie auf der anderen Seite des Hauses fand, wie sie träumerisch am Brunnen saß und mit der Bernsteinkette an ihrem Halse spielte. Dort ergriff er ihre beiden Hände, preßte sie in seine rechte Hand, faßte mit der linken ihre Schulter, daß das glänzende, noch unvollkommene Gebilde unter seiner festen Hand zusammenzuckte, und sagte hastig: »Höre, du Kind! ich lasse nicht mit mir spielen! Von heut an bist du so gut mein Eigentum wie ich das deinige, und kein anderer Mann soll dich lebendig bekommen! Daran denke, wenn du einst groß genug bist!«

»O du großer und alter Mann!« sagte Küngolt leise lächelnd, indem sie etwas erblaßte, »du bist mein und nicht ich dein! Aber das hat dich nicht zu kümmern; denn ich werde dich wohl niemals fahren lassen!«

Damit stand sie auf und ging, ohne den Gespielen weiter anzusehen, um das Haus herum.

Die gute Forstmeisterin aber erkältete sich in der kühlen Mainacht und trug eine tödliche Krankheit davon, welcher sie in wenigen Monaten erlag. Auf dem Todbette war sie sehr bekümmert um ihren Mann und um das Kind; auch suchte sie hartnäckig die Ursache der Krankheit zu leugnen; denn sie fühlte wohl, daß das nicht die rechte Todesart für eine Hausmutter sei, die von Unvorsichtigkeit in der Freude herrührt.

Weil sie nun tot im Hause lag, waren alle sehr traurig und die ganze Stadt bedauerte sie, da sie keinen einzigen Feind hatte. Der Forstmeister selbst weinte des Nachts in seinem Bette; des Tages sprach er kein Wort und ging nur ab und zu vor den Sarg und besah sich die stille anmutige Leiche, worauf er kopfschüttelnd wieder wegging.

Er ließ einen schweren Kranz von jungem Tannengrün binden und legte ihn auf den Sarg; Küngolt häufte noch ein Gebirg von Waldblumen darauf, und dergestalt wurde die Leiche von der Höhe hinunter zur Kirche getragen, gefolgt von den Verwandten und Freunden und den Jägerknechten.

Als sie in der kühlen Erde lag, führte der Forstmeister das Leichenbegleit in die Herberge, wo er ein reichliches Totenmahl hatte anrichten lassen. Das Wildbret dazu, einen Rehbock und zwei prächtige Auerhähne, hatte er eigenhändig geschossen, voll Schmerz über seinen Verlust, und als die schön gefiederten Vögel nun auf dem Tische prangten, gedachte er abermals des hohen Bergwaldes, in welchem sie gesessen und welchen er in den jungen Jahren seiner Liebe so oft durchstreift hatte, das Bild der Toten im Sinne tragend. Doch durfte der Forstmeister nicht lange solchen Gedanken nachhängen; denn als der Claret und der Malvasier nun kredenzt und die Tafel mit einem großen Korbe voll vermischten Zuckerwerkes überschüttet wurde, belebten sich die Gäste und der Traueranlaß war bald von einem Taufmahle nicht mehr zu unterscheiden.

Der Forstmeister saß zwischen Küngolt und Dietegen, die sich wegen seiner großen Gestalt nicht sehen konnten, ohne sich vornüberzubeugen oder hinter ihm durch, und dies mochten sie nicht tun, da sie allein in der erwachenden Fröhlichkeit traurig und ernst blieben. Ihm gegenüber saß eine Person von vielleicht bald dreißig Jahren, eine Base des Forstmeisters namens Violande. Diese Dame fiel auf wegen ihrer ausgesuchten, sonderbaren Kleidung, welches nicht die Kleidung einer Zufriedenen und Glücklichen, sondern eher einer Unruhigen und Hohlherzigen zu sein schien. Sie war schön und wußte anmutig zu blicken, wenn nicht gerade etwas unselig Verlogenes und Selbstsüchtiges über ihr Wesen zuckte.

Als vierzehnjähriges Mädchen schon war sie in den nachmaligen Forstmeister verliebt gewesen, weil er just der größte und schönste junge Mann war unter denen, die ihr zu Gesicht kamen. Er merkte aber nichts von dieser frühen Leidenschaft, da er überhaupt auf das kleine Bäschen nicht achtete und seinen Sinn mehr auf erwachsene Personen richtete, die ihm gefielen. Voll Neid und Eifersucht und ebenso schon voll Ränke wußte das junge Wesen nun zwei oder drei Liebesverhältnisse des Forstmeisters zu zerstören, indem es durch fast unbemerkbare Zwischenträgereien die Dinge entstellte und verwirrte. Wenn er eine Schöne zu gewinnen im Begriffe war, so erfand und verbreitete das verschlagene Kind unter der Hand ganz unbefangen Züge und Tatsachen, woraus hervorzugehen schien, daß er eigentlich die in Rede stehende Person gar nicht leiden könne, vielmehr eine andere im Auge habe und überhaupt ein hinterlistiger und verstellter Mensch sei. So wußte er wiederholt nicht, wie es kam, daß die, welche er liebte, sich plötzlich und mißtrauisch von ihm abwandte, während eine andere, an die er nie gedacht, ihn unversehens mit ihrer Gunst beehrte und, einmal im Zuge, nicht mehr nachließ, bis er mit ihr im Gerücht war. Dann pflanzte er in Ungeduld und Verwirrung die eine wie die andere hin und ergab sich auf kurze Zeit der Freiheit. Auf diese Weise verdarb ihm, obgleich er ein schöner und tüchtiger Gesell war, alles, bis er an die nun verstorbene Forstmeisterin geriet. Diese hielt ihn fest, da sie so ehrlich war wie er selbst, und alle Künste der kleinen Hexe waren vergeblich, ja sie bemerkte dieselben nicht einmal, weil sie nur auf die Augen des Geliebten sah. Hiefür war er ihr auch dankbar und treu geblieben und hielt sie für eine teure Errungenschaft, solang sie lebte.

Violande dagegen, als sie den Mann endlich versorgt sah, übte die erworbenen Geschicklichkeiten, um sie nicht brach liegen zu lassen, nun auch anderwärts aus, und je älter sie wurde, mit desto mehr Einsicht und Erfolg, aber ohne Glück für sie selber; denn sie blieb unverheiratet und die Männer, welche sie ihren Freundinnen abspenstig machte, wendeten sich deswegen nicht zu ihr, da sie eher Haß und Verachtung für sie empfanden. Da wandte sie sich dem Himmel zu und sagte, sie wolle eine Nonne werden; doch überlegte sie sich das Ding noch in der letzten Stunde und trat statt in ein Kloster in ein solches Ordenshaus, aus welchem sie allenfalls wieder herausgehen und sogar noch heiraten konnte. Sie verschwand nun aus den Augen der Leute, da sie von einem Haus ins andere in verschiedenen Städten herumzog und nirgends Ruhe fand. Plötzlich, als die Forstmeisterin auf dem Krankenbette lag, erschien sie wieder in weltlicher Tracht zu Seldwyla, und so fügte es sich, daß sie am Totenmahle dem trauernden Witwer gegenüber saß.

Sie bezwang ihre Unruhe und sah manche Augenblicke bescheiden und kindlich aus, und als die Frauen sich erhoben und unter sich umhergingen, während die zechenden Männer am Tisch blieben, ging sie auf Küngolt zu, küßte sie und schloß Freundschaft mit ihr. Das Mädchen fühlte sich geehrt durch diese Annäherung einer halbgeistlichen Frau, die weit herumgekommen war und voll Weltkenntnis schien; sie führten sogleich ein langes und vertrautes Gespräch, als ob sie seit Jahren bekannt wären, und beim allgemeinen Aufbruch bat Küngolt ihren Vater, er möchte Violanden in sein Haus berufen, dasselbe zu besorgen, denn sie selbst fühle sich noch zu jung und unerfahren dazu. Der Forstmeister, dessen Stimmung jetzt aus einer wunderbaren Mischung von Trauer und Weinlaune bestand und dessen Gedanken weit abwesend bei der Toten waren, gab ohne weiteres Nachdenken seine Zustimmung, obgleich er sich nicht viel aus der Base machte und sie für eine schnurrige Person hielt.

Sie zog also in den nächsten Tagen ins Forsthaus und stellte sich mit gutem Anstand und nicht ohne Rührung an dessen Herd, an welchem ihr endlich, nach langem Irrsal, die Wünsche ihrer frühsten Jugend in ruhige Erfüllung zu gehen schienen. Sie öffnete bescheiden die Schränke ihrer Vorgängerin und sah das Linnen und die Vorräte wohlgeordnet und im tiefen Frieden liegen; zierlich gereiht sah sie die Töpfe und die Kessel, die Krüge und die Büchsen, und lauschig hingen die Flachsbüschel unter dem Dache. In diesem Frieden ließ sie alles ein paar Wochen bestehen; dann aber begann sie allmählich die kleinen Töpfe zwischen die großen zu stellen, die Leinwand durcheinander zu werfen, den Flachs zu zerzausen, und bis sie damit zu Ende war, hatte sie auch die menschlichen Dinge im Hause in beginnende Unordnung gebracht.

Da sie beabsichtigte, endlich doch noch des Forstmeisters Frau zu werden, um sich wenigstens zu versorgen, so galt es vor allem sein Kind und den jungen Dietegen, deren Lage sie bald inne geworden, auseinander zu bringen und für immer zu trennen. Denn sie dachte richtig, daß Dietegen, wenn er das Mädchen zur Frau bekäme, als des Forstmeisters Nachfolger im Hause bleiben und dieser, bei seiner Anhänglichkeit an seine tote Frau, dann nicht mehr heiraten würde, was dagegen leichter geschehen dürfte, wenn beide Kinder fort kämen und er sich in seinem Hause vereinsamt sähe.

Wie nun Küngolt mit jedem Tage zusehends sich entwickelte und schöner wurde, weckte sie in ihr das frühzeitige Bewußtsein dieser Schönheit und den Geist einer, wenn auch noch kindischen Buhlsucht, indem sie, ohne daß es jemand merkte, das Mädchen mit wenigen Worten zu allen jungen Leuten in ein befangenes Verhältnis zu bringen wußte, so daß das Kind jeden drum ansehen lernte, ob er seine Schönheit auch fühle und anerkenne, und hinwieder jeder vermeinte, er sei dem jungen hübschen Mädchen besonders ins Auge gefallen.

Dann zog Violande noch anderes junges Frauenzimmer herbei, daß da öfter gute Kompagnie beisammen war und unter ihrer Führung immer gelinde courtoisiert wurde.

So kam es, daß Küngolt, noch ehe sie völlig sechzehn Jahre zählte, schon einen Kreis unruhiger Gemüter um sich versammelt sah. Es gab allerlei kleine und größere Festlichkeiten, Geschichtchen, Streitigkeiten, Geräusch und Gesang, und wie es zu gehen pflegt, machten sich vorwitzige oder törichte Leutchen unangenehm und wurden dabei am ehesten gelitten. Hierüber wurde Dietegen nicht glücklich. Im Anfang sah er mit einer gewissen scheuen Wehmut zu, welche heranwachsenden Jünglingen nicht sonderlich geschickt ansteht; als aber die Gesellschaft davon eher belustigt als gerührt schien und Küngolt selbst es kalt beachtete, wollte er sich gegen solche Unlust mit linkischem Schmollen und Trotz erwehren. Allein das brachte ihn noch weniger auf einen grünen Zweig und endigte damit, daß er eines Tages zu bemerken glaubte, wie Küngolt allein in einem Kreise von spöttisch aussehenden Jünglingen saß und mit Wohlgefallen die Mißreden mit anhörte, die sie offenbar über ihn führten.

Da wendete er sich ab und mied von nun an schweigend die Gesellschaft. Er war ohnehin in das Alter getreten, in welchem die kräftigeren Knaben sich wehrbar zu machen begannen. Auf dem Grundstücke der Försterei ruhte von alters her die Verpflichtung zum Bereithalten von drei oder vier Mannsrüstungen, und der Forstmeister hatte immer darauf gesehen, eigene Leute dazu stellen zu können. Mit Wohlgefallen fand er, daß Dietegen, schlank und wohlgebaut aufwachsend, bald in einen zierlichen Harnisch taugen würde, in dem er einst seinen eigenen Sohn zu erblicken gehofft hatte.

So ging denn Dietegen mit andern jungen Knechten an den langen Winterabenden in die Fechtschule, wo er die kürzeren Waffen führen lernte nach heimischer Kriegsart; und im Frühjahr, den Sommer hindurch, weilte er manchen Sonn- und Feiertag auf dem weiten Felde oder in Waldlichtungen, wenn die Jünglinge sich im behenden Marsche und im festgeschlossenen Vordrange übten, an ihren langen Spießen über breite Gräben setzten und die Körper in jeder Weise sich dienstbar machten oder endlich der Kunst der Büchsenschützen oblagen.

Da durch alles dies das Leben im Hause sich änderte und besonders das weibliche Treiben ihn störte, ohne daß er recht beachtete, wie es eigentlich damit beschaffen war, so nahm seinerseits der Forstmeister, öfter als zu Lebzeiten seiner Frau geschehen, den Weg in die Trinkstuben seiner Stadtgenossen. Fern von der kindischen Torheit des Hauses lag er der reiferen Torheit der Männer ob und trug sein Haupt zuweilen beladen, aber immer aufrecht den Forst hinan, wenn die Mitternachtglocke verhallte.

So gingen die Dinge ihre verschiedenen Wege und die Zeit vorüber, bis an einem sonnenhellen Johannistag allerlei Geschicke sich zu erfüllen begannen.

Der Forstmeister ging in die Stadt auf seine Zunft, welche ihr Hauptgebot mit großem Jahresschmaus abhielt, und er gedachte bis in die Nacht zu zechen. Dietegen ging zeitig ins Schützenhaus, da er einmal einen langen Sommertag hindurch nach Herzenslust schießen wollte. Die übrigen Knechte gingen auch ihres Weges, der eine über Land zu den Seinigen, der andere zum Tanz mit seinem Schatz, der dritte auf einen Markt, um sich Tuch für Gewand zu erstehen oder ein Paar neue Schuhe.

So saßen nun die Frauen allein im Forsthause, einerseits wenig erbaut über die schnöde Art, wie die Männer an diesem Freudentage alle davongegangen, ohne sich zu kümmern, wie jene ihre Zeit vertreiben sollten; anderseits aber äugelten sie in das webende Sonnenlicht hinaus und spähten, wie sie sich auch eine Lustbarkeit schaffen möchten.

Zunächst fingen sie an Kuchen zu backen und allerhand Süßwerk zu bereiten; auch brauten sie einen großen gewürzten Wein für alle Fälle und um den heimkehrenden Männern einen Nachttrunk bieten zu können, wie sie meinten. Dann kleideten sie sich feiertäglich und schmückten sich mit Blumen, während andere Jungfräulein, die sie zu einer Frauenlust hatten entbieten lassen, eins nach dem andern ebenso geschmückt herankamen und auch das letzte Dienstmägdlein im Hause geputzt und fröhlich dreinsah.

Unter schönen Lindenbäumen, die vor dem Forsthause standen, war der Tisch gedeckt, als der Abend nahte und goldenes Licht über der Stadt und dem Tale ruhte.

Da saßen nun die Frauen um den Tisch gereiht, taten sich gütlich und sangen bald mit wohlklingenden Stimmen vielstrophige Lieder mit sehnsüchtigem Ton, von Liebesglück und Herzeleid, von den zwei Königskindern oder »Es spielt ein Ritter mit einer Maid« und dergleichen. Der Gesang tönte lockend ins Land hinaus; die Vögel in den Linden und im nahen Walde, die erst ein wenig zugehört, sangen wetteifernd mit. Aber bald ließ sich noch ein dritter Chor vernehmen, indem vom Berge her Geigen und Pfeifen erklangen, vermischt mit Männerstimmen. Ein Trupp Jünglinge war von Ruechenstein herübergekommen, trat jetzt aus dem Holze hervor und beschritt den Weg, der mitten durch die Försterei in das Tal führte, ein paar Spielleute an der Spitze. Es war der Sohn des Schultheißen von Ruechenstein, ein halbwegs fröhlicher Gesell, der aus der Art schlug; von der Schule nach Hause gekehrt, hatte der einige wilde Studenten mitgebracht, worunter ein paar geistliche Schüler und dabei auch ein junger Mönch sowie Hans Schafürli, der Ratsschreiher von Ruechenstein, eine buckelige, gebogene Gestalt mit einem langen Degen, der letzte im Zuge, da sie wegen der Schmalheit des Weges einer hinter dem andern daherkamen.

Als sie jedoch der sangbaren Frauen ansichtig wurden, stellten sie
die eigene Musik ein und schienen das Ende des Liedes abwarten
zu wollen, welches jene sangen. Indessen verstummten die Frauen
ebenfalls; sie waren überrascht und lächelten zugleich erwartungs-
voll den Dingen entgegen, die jetzt geschehen würden. Nur Violande zeigte sich nicht betroffen, sondern trat auf den Schultheißensohn zu, welcher sie höflich begrüßte und erklärte, wie er mit seinen
Freunden einen kurzweiligen Besuch in der fröhlichen Nachbar-
stadt habe machen wollen, um den Johannistag nicht allzu trostlos
zu verleben, wie nun aber hier noch ein schönerer Aufenthalt win-
ke, sofern es gestattet sei, den Jungfrauen einen ehrbaren Tanz an-
zubieten.

In weniger als drei Minuten war die Angelegenheit geordnet, und
sie tanzten alle auf dem großen Flur des Forsthauses, Küngolt mit
dem Schultheißensohn, Violande mit dem Mönch und die übrigen
mit den Schülern; aber am gewandtesten und leidenschaftlichsten
tummelte sich der Ratsschreiber herum, der trotz seines Buckels mit
seinen Beinen weiter ausgriff als alle andern, da sie gleich unter
dem Kinn schon sich zu spalten schienen.

Küngolt war nicht froh und wußte nicht, was ihr fehlte. Als daher
Violande ihr zuflüsterte, sie sollte es auf das Schultheißenkind ab-
sehen, damit sie Schultheißin von Ruechenstein würde, blieb sie kalt
und teilnahmlos, bis sie plötzlich den Bucklichen mit seinem gewal-
tigen Tanzen sah und hoch auflachte. Sie begehrte sofort mit ihm zu
tanzen, und es sah aus wie ein Märchen, als ihre schöne Gestalt in
grünem Kleide und das Haupt mit dunkelroten Rosen geschmückt
am Arme des spukhaften Schreibers dahinflog, der seinen Höcker in
Scharlach gehüllt trug.

Doch unversehens änderte sie ihre Laune und sie geriet an den
Mönch, von diesem an einen der Studenten, und eh eine halbe
Stunde vergangen, hatte sie mit allen anwesenden jungen Männern
sich gedreht, so daß alle seltsam aufgeregt die Blicke an ihr haften
ließen, indessen die übrigen Frauen allmählich auch wieder zu den
Ihrigen zu kommen suchten. Damit das geschehe, rief Violande die
Gesellschaft zum Tische unter den Linden, um sich dort auszuru-
hen und zu erquicken, indem je ein Jüngling neben eine Jungfer zu
sitzen kam und Küngolt zu dem Schultheißensohn.

Küngolt aber war von einer Sehnsucht gequält, alle diese Jünglinge sich unterworfen zu sehen. Sie rief, sie wolle die Schenkin sein, und eilte ins Haus noch mehr Wein zu holen. Dort schlich sie schnell in Violandes Kammer und suchte etwas in deren Kleidertruhe. Violande hatte ihr einst im geheimen ein kleines Fläschchen gezeigt und anvertraut, das sei ein Philtrum oder Liebestrank, »Gang mir nach« genannt; wer es von der Hand einer Weibsperson zu trinken bekomme, der sei derselbigen ohne Gnade verfallen und müsse ihr nachgehen. Es sei in dem Fläschlein zwar nicht das starke und gefährlichere Gift Hippomanes, aus dem Stirngewächs eines erstgebornen Füllens gebraut, sondern das Tränklein sei aus den Gebeinlein eines grünen Frosches gemacht, welcher in einen Ameisenhaufen gelegt und von diesen zernagt und zierlich präpariert worden sei. Aber es sei immerhin noch stark genug, um einem halben Dutzend unbotmäßiger Männer die Köpfe zu verdrehen. Sie habe das Fläschlein von einer Nonne geschenkt bekommen, deren Geliebter vor der Anwendung plötzlich an der Pest gestorben, so daß sie entsagend ins Kloster gegangen sei. Violande selbst getraue sich weder dasselbe zu gebrauchen noch es wegzuwerfen, weil hieraus ein unbekanntes Unheil entstehen könnte.

Dieses Fläschchen fand Küngolt und goß seinen Inhalt schnell und verstohlen in eine frische Kanne Wein, mit welcher sie klopfenden Herzens hinauseilte. Sie hieß die Jünglinge alle ihre Gläser leeren, weil sie ihnen eine neuen süßen Trunk einschenken wolle, und sie wußte es so einzurichten, daß in dem Kruge nichts übrig blieb, nachdem sie alle Gläser der Männer gefüllt und jedem nachträglich etwas zugegossen hatte, während sie ihn wie ein Wetterleuchten süß und schalkhaft anblickte.

In diesen gleichmäßig und unparteiisch verteilten Blicken lag das Zaubergift, welches nebst dem starken Wein jetzt die Knaben betörte, daß alle voll Verblendung und Leidenschaft das glänzende Mädchen umwarben mit jener Selbstsucht, welche sich allaugenblicklich stets dahin wendet, wo sie ein von andern gewünschtes oder allgemein erstrebtes Gut locken sieht. Alle ließen die übrigen Frauen stehen, welche blaß aus Ärger vor sich niedersahen oder ihre Verlegenheit unter lautem Geplauder zu verbergen suchten. Selbst der Mönch ließ plötzlich ein braunes Dienstmägdlein fahren, das er soeben kosend umfangen hatte, und Schafürli der Ratsschreiber drängte sich mit einem langen Schritte vor den Schultheißensohn, der die Küngolt sponsierend an der Hand hielt.

Diese aber ließ keinen aufkommen; kalt wie Eis gegen jeden einzelnen in ihrem Herzen, wußte sie wie eine Schlange sich unter ihnen umzutun und, als sie sah, daß sie alle umstrickt hielt, selbst die anderen Frauen wieder freundlich zu machen und herbeizulocken.

Es war nun dunkel geworden. Die Sterne funkelten am Himmel und die Mondsichel stand über dem Walde, erbleichte jedoch bald hinter einem hellen Johannisfeuer, das von einer Anhöhe aufflammte, vom jungen Landvolke angezündet.

»Laßt uns zum Feuer gehen!« rief Küngolt, »der Weg ist kurz und lieblich durch den Wald! Aber wie es sich geziemt, die Frauen voran und die Knaben hintendrein!« So geschah es und sie zogen mit angezündeten Kienfackeln durch den Wald mit lautem Gesange.

Nur Violande blieb zurück, das Haus zu hüten und den Forstmeister zu erwarten; denn auch sie gedachte heute ihren Fang zu tun. Es dauerte auch nicht lange, bis er ankam, in starker Stimmung und mit umflorten Sinnen. Als er die Tische unter den Linden sah, setzte er sich hin und verlangte wohlgelaunt einen Schlaftrunk von Violanden, die ihm denselben davoneilend zu bereiten ging.

Aber auch sie schlüpfte vorher schnell in ihre Kammer hinauf, das lang gehütete Fläschlein mit dem »Gang mir nach« zu holen, und sie fand es nicht. Sie konnte es auch auf dem Wege nicht finden, den sie verlegen und sinnend zurückkam; denn dort, wo es Küngolt hastig und achtlos hingeworfen, hatte es bereits das vom Mönche zur Seite gestellte Mägdlein aufgehoben, das sich grollend ins Haus zurückgezogen.

Doch Violande besann sich nicht lange. Sie machte den Trank um so süßer und stärker und gesellte sich, als er ihn trank, nah zum Forstmeister. Es strömte ein zärtlich-trautes Wesen von ihr aus; auch trug sie ein blaßgelbem Kleid, das überall rot eingefaßt war und ihr untadelig weißes Fell, wie man damals sagte, am Halse wohl sehen ließ. Die Blumen hatte sie aus dem Haar getan, um nicht kindisch zu erscheinen, und sie wand ihre starken dunklen Zöpfe frisch um den Kopf.

»Ei Base«, sagte der Forstmeister, als er sie über den Becher weg von ungefähr erblickt hatte, ganz nah bei ihm, »wie seht Ihr gut aus!«

Da lächelte sie wie selig und sah ihn mit süß funkelnden Augen unverhohlen an, indem sie sagte: »Gefall ich Euch endlich und so spät? Wenn Ihr wüßtet, wie gern ich Euch schon gesehen habe, als ich noch ein Kind war!«

Das ging dem guten Mann ein, stärker als ein Liebestrank von Froschbeinchen; wunderliche Vorstellungen, eine dunkle Erinnerung an ein schönes Mädchenkind, zogen durch seine Sinne, während das Kind jetzt als lange schön bleibende Weibesgestalt in Lebensreife bei ihm war, wie aus weiter Ferne unversehens herangetreten. Sein großmütiges Herz stieg in das aufgeregte Hirn empor und schaffte dort in aller Eile an allerlei Bildwerk herum. Violande erschien ihm plötzlich als eine durch Leiden und viele Erfahrung höchst wertvoll gewordene Person, mit der man ein bedeutendes und geheimnisreiches Stück Leben in die Arme schlösse und welcher Heimat und Ruhe zu geben dem Schenker selbst ein goldenes Gut verleihen würde.

Er nahm ihre Hand, streichelte ihr die Wangen und sagte: »Wir sind nicht alt, Violande, liebe Base! Wollt Ihr noch meine Frau werden?« Und da sie ihm die Hand ließ und sich näher zu ihm neigte, von wirklicher Glückesgüte erglänzend, machte er den Brautring seiner ersten Frau, den er seit ihrem Tode an einer Verzierung seines Dolchgriffes trug, los und steckte das Kleinod an Violandes Finger. Sie drückte ihr Gesicht in sein breites blondgraues Löwenantlitz, sie umfingen und küßten sich zärtlich unter den rauschenden Nachtlinden, und der kluge Mann glaubte den Stein der Weisen gefunden zu haben.

In diesem Augenblicke kam Dietegen mit seinen Waffen nach Hause. Da er quer über den Rasen daherging, hörten ihn die Kosenden nicht und er schaute in höchster Betroffenheit, was er da vor sich sah. Beschämt und errötend zog er sich so still als möglich zurück und umging das Haus, um die hintere Türe zu gewinnen. Dort aber hörte er mit einemmal vom Walde her ein lautes Schreien und Rufen, wie wenn Menschen in Streit oder Gefahr wären. Ohne Zögern ging Dietegen dem Lärmen nach. Bald fand er die so fröhlich ausgezogene Gesellschaft in schrecklichem Zustande. Von Wein und allgemeiner Eifersucht toll geworden, waren die jungen Männer auf dem Rückwege vom Johannisfeuer, als sie mit den Weibern vermischt gingen, hintereinander geraten und hatten sich mit ihren Dolchen angegriffen, so daß mehr als einer blutete. Gerade aber als Dietegen ankam, hatte der krumme Ratsschreiber wütend den jungen Schultheißen mit seinem Degen niedergestochen, der, gleichfalls das Schwert in der Hand, im grünen Kraute lag und eben den Geist aufgab, während die übrigen sich schön paarweise noch an den Gurgeln gepackt hielten und die Weiber entsetzt um Hilfe schrieen, mit Ausnahme Küngolts, die totenblaß, aber neugierig und mit offenem Munde in das schreckhafte Schauspiel starrte.

»Küngolt, was ist das?« sagte Dietegen zu ihr, als er sie rasch erblickt; es war das erste Wort, das er seit langem an sie gerichtet. Sie zuckte zusammen, sah ihn aber wie erleichtert an. Doch sprang er jetzt ohne Aufenthalt unter die Streitenden und es gelang ihm mit einigen kräftigen Anstrengungen, die tollen Jünglinge auseinander zu bringen und ihnen den Toten zu zeigen, worauf sie stracks die Arme sinken ließen und ganz ernüchtert bald auf die Leiche, bald auf den grimmigen Schafürli schauten, der wie wahnsinnig um sich stierte.

Inzwischen waren Bauern und auch die heimkehrenden Knechte herbeigekommen, welche die Ruechensteiner einstweilen gefangen nahmen und den Schafürli banden.

Das war nun ein schlimmer Morgen, der darauf folgte. Der Forstmeister war mit der bösen Violande verlobt, sein Kopf summte sehr unleidlich, ein toter Ruechensteiner lag im Hause, die andern waren eingetürmt, und eh es Mittag war, erschien eine Abordnung aus Ruechenstein mit dem alten Schultheißen selbst, um nach dem Unglücke und dessen Entstehung zu fragen und alle Rechenschaft zu fordern.

Aber schon hatte im Turm der gefangene Ratsschreiber, der wußte, daß es ihm als Mörder des Schultheißensohnes an den Kragen ging, grimmige Klage gegen die Weiber von Seldwyla und hauptsächlich gegen Küngolt erhoben, die er der Zauberei und Behexung beschuldigte. Jenes grollende Mägdlein hatte dem Mönch, dem es nun verzieh, das Fläschlein mit einigen Worten zuzustecken gewußt und dieser es dem Schafürli gegeben.

Zum Schrecken der Seldwyler drehte sich der Handel noch am gleichen Tage gegen das Kind des Forstmeisters und gegen dessen Haus; denn jedermann in Seldwyla sowohl als in Ruechenstein glaubte an die Wirkung der Zaubertränke, und die anwesenden Ruechensteiner traten so drohend auf, daß das Ansehen und die Beliebtheit des Forstmeisters die Gefangensetzung der Küngolt nicht abwenden konnten, zumal er sich in seinen Gedanken wie gelähmt fühlte.

Sie gestand die Tatsache alsobald ein, halb bewußtlos vor Schrecken, und der Schafürli mit seinen Gesellen wurde freigelassen. Die Ruechensteiner verlangten nun, die Zauberhexe, welche ihre Angehörigen geschädigt und den Tod eines ihrer Bürger verursacht habe, solle ihnen zur Bestrafung ausgeliefert werden. Dies wurde nicht gewährt und jene zogen grollend mit der Leiche des Schultheißensohnes von dannen. Als sie aber nachher vernahmen, daß die Seldwyler das Mädchen nur zu einer einjährigen milden Gefängnisstrafe verurteilt hätten, erwachte die alte Feindschaft wieder, welche eine Reihe von Jahren geschlafen, und es wurde für jeden Seldwyler gefährlich, ihren Bann zu betreten.

Die Stadt Seldwyla hielt nun für Vergehen, die sie nach ihrer Lebensanschauung zu den leichteren zählte und nach Umständen mit Nachsicht behandeln wollte, kein Gefängnis, sondern verdingte die Verurteilten, besonders wenn es sich um Frauen und jugendliche Personen handelte, an irgendeine Haushaltung zur Haft und Pflege. So sollte denn die arme Küngolt auf die Ratstube gebracht und dort zu einer öffentlichen Steigerung ausgestellt werden.

Der Forstmeister, dessen Fröhlichkeit dahin war, sagte seufzend zu Dietegen, es sei ein saurer Gang für ihn, aufs Rathaus zu gehen und bei dem Kind zu wachen; denn es müsse jemand von den Seinigen bei ihm sein während dieser bitteren Stunde. Da erwiderte

Dietegen: »Ich will es schon tun, wenn ich Euch gut genug dazu bin!« Der Forstmeister gab ihm die Hand. »Tu's«, sagte er, »du sollst Dank dafür haben!«

Dietegen ging hin, wo die Abgeordneten des Rats saßen und einige Steigerungslustige sowie ein Häuflein Neugieriger sich sammelten. Er hatte sein Schwert umgetan und sah mannhaft und düster blickend aus.

Als nun Küngolt hereingeführt wurde, blaß und bekümmert, und sie vor dem Tische stehen sollte, zog Dietegen rasch einen Stuhl herbei und ließ sie darauf sitzen, indem er sich hinter den Stuhl stellte und die Hand auf dessen Lehne stützte. Sie hatte ihn überrascht angeblickt und sah noch mit einem schmerzlichen Lächeln nach ihm zurück; allein er schaute scheinbar ruhig und streng über sie hinweg.

Der erste, welcher ein Angebot auf ihre Gefangenhaltung tat, war der Stadtpfeifer, ein vertrunkener Mann, der von seiner Frau hergeschickt war, um mit dem Erwerbe die zerrütteten Umstände etwas zu verbessern, insonderlich weil zu hoffen war, daß der Gefangenen aus ihrem elterlichen Hause offen oder heimlich allerhand Gutes zufließen würde, dessen man sich bemächtigen oder wenigstens teilhaftig machen könnte.

»Willst du zum Stadtpfeifer?« fragte Dietegen die Küngolt kurz, und sie sagte nein! nachdem sie den beduselten und rotnasigen Musikus angesehen. Der rief lachend: »Ist mir auch recht!« und schwankte ab.

Hierauf bot ein alter Seckler und Pelzkappenmacher auf Küngolt, welcher sie tapfer zum Nähen anzuhalten gedachte, um einen schönen Nutzen aus ihr zu ziehen. Er hatte aber einen offenen Schaden am Bein, welchen er den ganzen Tag salbte und pflasterte, und auf dem Kopf ein Gewächs wie ein Hühnerei, welches Küngolt als Kind schon gefürchtet hatte, wenn sie in die Schule und an seiner Werkstatt vorbeigegangen. Als daher Dietegen fragte, ob sie zu diesem wolle, sagte sie wiederum nein, und er zog keifend davon.

Nunmehr trat ein Geldwechsler hervor, der einerseits wegen seines wucherischen und häßlichen Geizes und anderseits wegen seiner widerwärtigen Lüsternheit verrufen war. Kaum hatte der aber seine roten Augen auf Küngolt gerichtet und den schiefen Mund zum Angebote geöffnet, so winkte ihm Dietegen, ihn drohend anblickend, mit der Hand hinweg, ohne das erschrockene Mädchen zu befragen.

Jetzt kamen nur noch einige ordentliche Leute, gegen welche nicht wohl etwas einzuwenden war, und diese wurden nun zur eigentlichen Steigerung oder Gant zugelassen. Am mindesten forderte für ihre Aufnahme und Ernährung der Totengräber an der Stadtkirche, ein stiller ehrbarer Mann, welcher eine brave Frau und auch, nach seiner Meinung, ein geeignetes Lokal besaß und schon einige Sträflinge dieser Art beherbergt hatte.

Diesem wurde Küngolt von der Ratsabordnung zugeschlagen und sofort in sein Haus geführt, das zwischen dem Kirchhof und einer Seitengasse gelegen war. Dietegen ging mit, um zu sehen, wo sie untergebracht würde. Das war in einer offenen kleinen Vorhalle des Hauses, welche unmittelbar an den Totengarten grenzte und von demselben durch ein eisernes Gitter abgeschlossen war. Dort pflegte nämlich der Totengräber in der wärmeren Jahrszeit seine Gefangenen einzusperren, während er sie über den Winter einfach in die Stube nahm und mit einer leichten eisernen Kette an einen Fuß des Ofens band.

Als aber Küngolt in ihrem Gefängnis war und sich nur durch ein Eisengitter von den Gräbern der Toten getrennt sah, überdies in nächster Nachbarschaft das alte Beinhaus bemerkte, das mit Schädeln und andern Gebeinen angefüllt war, fing sie an zu zittern und bat flehentlich, man möchte sie nicht da lassen, wenn es Nacht werde. Die Frau des Totengräbers dagegen, welche eben einen Strohsack und eine Decke herbeischleppte, auch eine Art Vorhang an dem Gitter anbrachte, sagte, das könne nicht sein und der ernste Aufenthalt gereiche ihr nur zur wohltätigen Buße für ihren sündigen Sinn.

Da sagte Dietegen: »Sei ruhig, ich fürchte mich nicht vor den Toten und Gespenstern und will des Nachts so lange hieher kommen und vor dem Gitter wachen, bis du dich auch daran gewöhnt hast!«

Dies sagte er aber so zu ihr, daß die Frau es nicht hören konnte, und begab sich hierauf nach Hause. Dort fand er den traurigen Forstmeister, wie er sich eben mit Violanden verständigt hatte, daß sie ihre Hochzeit erst halten wollten, wenn Küngolts Strafzeit vorüber und die schlimme Sache einigermaßen ausgeglichen wäre. Violande hielt sich hiebei mäuschenstill, zufrieden, daß sie als die eigentliche Urheberin der unglücklichen Hexerei und ihrer Folgen so gut davongekommen war. Bei dem strengen Verhör, dem sie auch unterworfen gewesen, hatte man ihrer Aussage, daß sie jenen Liebestrank nur verwahrt, damit er nicht in unrechte Hände gerate, zur Not geglaubt und sie entlassen.

Als nun die Dämmerung vorüber und die Mitternacht im Anzuge war, machte sich Dietegen ungesehen auf, nahm sein Schwert und ein kleines Fläschchen mit gutem Wein und stieg wieder in die Stadt hinunter, wo er unverweilt sich über die Kirchhofmauer schwang und furchtlos über die Gräber hin vor Küngolts unheimliche Wohnstätte ging. Sie saß lautlos auf ihrem Strohsack zusammengekauert hinter dem Vorhang und lauschte zitternd jedem Geräusche; denn sie hatte, ehe die Geisterstunde gekommen, schon einige Schrecknisse erlebt. Im Beinhause war eine Katze über die Knochen weggestrichen, so daß dieselben sachte etwas geklappert hatten. Dann wurden vom Nachtwind die Sträucher über den Gräbern bewegt, daß sie leise rauschten, und der Hahn auf dem Dachreiter der Kirche gedreht, welches einen seltsamen Ton gab, den man im Tagesgeräusch nie vernahm.

Als daher Küngolt die nahenden Schritte hörte, erschrak sie von neuem und fuhr zusammen; als er aber durch das Gitter griff und den Vorhang zurückschob, daß der Vollmond den Raum erhellte, und sie leise anrief, da stand sie eilig auf, lief ihm entgegen und streckte beide Hände durch das Gitter.

»Dietegen!« rief sie und brach in Tränen aus, die ersten, die sie seit dem Unglückstag vergießen konnte; denn sie hatte bis jetzt wie in einer starren Betäubung gelebt.

Dietegen gab ihr aber die Hand nicht, sondern das Weinfläschchen, und sagte: »Nimm einen Schluck Wein, es wird dir gut tun.« Sie trank und nahm auch von dem guten Brot ihres Vaterhauses, das er ihr gebracht. So wurde es ihr besser zumut, und als sie sah, daß er nicht weiter mit ihr sprechen wollte, zog sie sich schweigend auf ihr Lager zurück und weinte leise, bis sie in einen ruhigen Schlaf versank.

Dietegen aber hielt sie nach seinen jugendlich spröden Begriffen und in seiner Unerfahrenheit für ein bös gewordenes Wesen, das nicht recht tun könne, und er wachte bei ihr, indem er sich auf einen an der Wand lehnenden alten Grabstein setzte, ihrer toten Mutter zuliebe und weil er ihr selbst sein Leben verdankte.

Küngolt schlief, bis die Sonne aufging, und als sie erwachte, sah sie, daß Dietegen still weggegangen war.

Dergestalt kam er eine Nacht um die andere, bei ihr zu wachen; denn er hielt nach seinem Glauben den Ort für in der Tat gefährlich für jemand, der kein gutes Gewissen habe und voll Furcht sei. Jedesmal brachte er ihr etwas zur Labung mit und frug sie etwa, was sie sich wünschte, und er brachte ihr alles, was ihm recht schien. Er kam auch, wenn es regnete und stürmte, und versäumte keine Nacht, und wenn es nach damaligem Volksglauben in Ansehung der Toten und ihres Treibens besonders verrufene Nächte waren, so erschien er um so pünktlicher.

Küngolt ihrerseits richtete sich unvermerkt so ein, daß sie während des Tages ihren Vorhang zog, um sich vor den Neugierigen zu verbergen, wie sie sagte, wenn Leute auf den Kirchhof kämen, in der Tat aber, um zu schlafen; denn sie liebte es, während der Nacht munter zu sein, kein Auge von der dunklen Gestalt ihres Wächters zu verwenden und über ihn und sich, und wie alles gekommen sei, nachzudenken, während er sie schlafend wähnte.

Sie fühlte sich von einem neuen ungeahnten Glücke umflossen, sobald er kam und sie ihren Gedanken in seiner Gegenwart still und stumm nachhängen konnte. Sein hartes Urteil ahnte sie nicht und hoffte ihr Anrecht an ihn wieder erringen zu können, da er sich so treu erwies. Nicht so dachte ihr Vater, der sie jede Woche einmal besuchte; wenn sie dann fast jedesmal schüchtern auf irgendeine Weise Dietegens Namen nannte und er wohl merkte, daß sie sich ihm wieder zugewendet, seufzte er innerlich, weil er wohl wünschte, daß das halb verlorene Kind durch den braven Pflegesohn gerettet werden möchte, aber fürchtete, der werde schwerlich eine angehende und schon eingesperrt gewesene Hexe erwerben wollen.

Mittlerweile hatte sich auch noch anderer Besuch bei Küngolt eingestellt. Der Ratsschreiber von Ruechenstein, der gewalttätige Krummbuckel Schafürli, konnte das schöne Wesen nicht vergessen und fühlte sein stark durch die Krümmungen seines Körpers strömendes Blut von ihrem Bilde bewohnt und befahren, nach seinem Glauben wie von einer Hexe, welche nächtlich einsam auf einem Strome in dunklem Kahne dahinschieße.

Er gedachte daher, da er ein verwegener Kerl war, statt bei den Kapuzinern, bei der Urheberin selbst seine Heilung und Befreiung zu versuchen und wanderte in dunkler Nacht über den Berg und bis auf den Kirchhof, wo sie gefangen saß. Da es noch nicht die Zeit war, um welche Dietegen zu erscheinen pflegte, und auch seine Schritte fremd klangen, so erschrak Küngolt und duckte sich hinter ihren Vorhang. Schafürli aber zündete ein kleines Licht an, das er mitgenommen, riß das Tuch zurück und leuchtete in den vergitterten Raum hinein, bis er sie entdeckte.

»Komm heran, Hexenmädchen!« flüsterte er heftig und halblaut, »und gib mir beide Hände und deinen Mund, denn du mußt mir heilen, was du verdorben hast!«

Sie erkannte ihn an seiner Gestalt, und die Erinnerung an all das geschehene Unheil sowie die Gegenwart des Mannes erfüllten sie mit solcher Angst, daß sie, ohne einen Laut zu geben, zitterte wie Espenlaub.

Da begann der Ratsschreiber an dem Gitter zu rütteln, und weil es keineswegs besonders fest war, vielmehr nur für schwächere Gefangene zu dienen hatte, schickte er sich an, es mit Gewalt aus den Angeln zu heben. In demselben Augenblicke kam aber Dietegen, sah den Vorgang und packte den Schafürli an der Schulter. Der schrie wild auf und wollte seinen Dolch ziehen. Doch Dietegen hielt ihm die Hände fest und rang mit ihm, bis er ihn bezwungen hatte. Er besann sich, ob er ihn gefangen nehmen und anzeigen oder ob er ihn bloß verjagen solle, und weil er den Zusammenhang des Vorfalls noch nicht kannte und nicht eine neue Verwicklung für Küngolt herbeiführen wollte, ließ er den krummen Mann laufen, indem er ihm bei Sicherheit seines Lebens verbot, je wieder an den Ort zu kommen. Zugleich aber ging er in das Haus hinein und veranlaßte den Totengräber, die Gefangene nunmehr in die Stube zu nehmen, da ohnehin der Herbst vor der Türe sei und die Nächte zu kühl würden für den bisherigen Aufenthalt.

Küngolt wurde also noch in dieser Nacht mit der herkömmlichen leichten Kette am Fuße an den Ofen gefesselt. Es war das ein schlankes Gebäude von grünen Kacheln, welche in erhabener Arbeit die Geschichte der Erschaffung des Menschen und des Sündenfalls darstellten; an den vier Ecken des Ofens standen die vier großen Propheten auf vorstehenden gewundenen Säulchen, und das Ganze bildete ein nicht unzierlich gegliedertes Monument, an welches hingeschmiegt nun Küngolt auf der Ofenbank saß.

Sie freute sich der geschützteren Lage und der Rettung, welche sie dem Dietegen dankte, und schrieb alles seiner treuen Gesinnung für sie zu, obgleich er in dieser Nacht kein Wort mit ihr gesprochen und sich nach getaner Sache ohne weiteres hinwegbegeben hatte.

Als nun aber die gute Küngolt dergestalt installiert war, fand sich ein neuer Liebhaber ihrer Schönheit ein in der Person eines Kaplanes, welcher allerhand kleine Priestergeschäfte an der Kirche besorgte und auch den geistlichen Beistand bei den Siechen und Gefangenen auszuüben hatte. Dieses Pfäfflein kam nun, da Küngolt in der warmen Stube saß, fleißig zu ihr, um ihr Zusprache zu halten, ihr die Neigung zur Zauberei und Spendierung von Liebestränken auszutreiben und sich dabei ihres schönen Anblickes und lieblichen Wesens zu erfreuen. Denn seit der Zeit ihres Leidens war eine neue Art von Schönheit über sie gekommen; sie war ein reifes, schlankes, obgleich blasses Frauenbild geworden, dessen Augen in sanftem und lieblichem Feuer strahlten, von einem Trauerschatten umgeben. Sie wurde, vom Anbinden abgesehen, wie ein Glied des Hauses gehalten, in dem auch einige Kinder sich befanden, und wenn der Kaplan kam, so wurde er mit einem Glase Wein oder Bier bewirtet, für welches der Forstmeister etwa sorgte. Wenn nun der Geistliche sein Sprüchlein getan hatte, seine Erfrischung zu sich nahm und ersichtlich nur noch blieb, um die getröstete Sünderin ein bißchen anzugucken und etwa bescheidentlich ihre Hand zu streicheln, so überließ sich Küngolt einer aufwachenden, kleinen anmutigen Heiterkeit, indem sie bedachte, welch einen prächtigen Liebhaber sie, nach ihrer Meinung, diesem Pfäfflein gegenüber in Dietegen besaß.

So kam es, daß das Mädchen in seiner bescheidenen Fröhlichkeit, nachdem sie den Tag über von der besseren Zukunft geträumt hatte, des Abends der Liebling der Totengräbersleute war und sie den Tisch zu ihr an den Ofen rückten. Auch in der Neujahrsnacht, die nun gekommen, ging es so, und der Priester gesellte sich hinzu, so daß der Totengräber, seine Frau und Kinder und der Kaplan bei der angebundenen Küngolt um den Tisch herum saßen, mit Nüssen spielten und Küngolt eben laut über etwas lachte, was der Pfaffe gesagt hatte, während er ihre Hand hielt, als Dietegen hereintrat, um seinem Schützling und Kind seines Herrn einige gute Sachen von Hause zu bringen. Ein unbewußter Zug des Herzens, das eingeschlafene Heimweh nach ihr hatte ihn doch den Vorsatz fassen lassen, etwa eine Stunde dort zu verweilen, damit Küngolt, welche die erste Neujahrsnacht ihres jungen Lebens außer dem Hause zubrachte, jemand von den Ihrigen bei sich hätte.

Als er aber den fröhlichen Auftritt und den Priester sah, der die Hand der lachenden Küngolt streichelte, ergriff ihn eine eisige Kälte, daß ihm das Blut beinah erstarrte, und er ging, nachdem er dem Mädchen die Sachen mit zwei Worten als Sendung des Vaters übergeben, ohne weitern Aufenthalt wieder fort, während zwischen seinen Zähnen sich die Worte lösten: »Hin ist hin!«

Jetzt ahnte Küngolt plötzlich den Inhalt dieses Augenblickes, und auch ihr trat alles Blut zum Herzen zurück. Sie sank erbleichend an den Ofen hin, und die Leutchen gingen betreten auseinander; das Licht in der Totengräberwohnung erlosch, noch eh die erste Stunde des neuen Jahres angebrochen war.

Küngolt blieb nun fast wie vergessen von den Ihrigen, zumal in diesen Tagen die Eidgenossenschaft immer lauter von Kriegslärm ertönte und jene Ereignisse sich folgten, welche man den Burgunderkrieg nennt. Als das Frühjahr da war und der Tag von Grandson nahte, zogen auch die Städte Seldwyla und Ruechenstein, wie andere ihrer Nachbarorte, mit ihren Fähnlein in das Feld, und es war für den Forstmeister sowie für Dietegen eine Erlösung, aus dem gestörten Hause hinauszutreten und die frische rauhe Kriegesluft zu atmen.

Festen Schrittes gingen sie mit ihrem Banner, obwohl schweigsamer als die anderen, und stießen mit den übrigen herbeieilenden

Scharen zu dem Gewalthaufen der Eidgenossen, welcher den schon im Streite Stehenden zu Hilfe kam.

Wie ein eiserner Garten stand das lange Viereck geordnet und in seiner Mitte wehten die Fahnen der Länder und Städte. Mann an Mann standen die Tausende, jeder in Zuverlässigkeit und Furchtlosigkeit wider eine Welt für sich, und alle zusammen doch nur ein Häuflein Menschenkinder.

Da harrte der Leichtsinnige und der Verschwender neben dem Geizigen und dem Sorgenfreund seiner Stunde; der Zanksüchtige und der Friedliebende hielten mit gleicher Geduld ihre Kraft bereit; wer schweren Herzens war, hielt sich so still wie der Prahler und der Redselige; der Arme und Verlassene stand ruhig und stolz neben dem Reichen und Gebietenden. Ganze Gassen sonst im Streite liegender Nachbaren standen gedrängt; aber Neid und Mißgunst hielten den Spieß oder die Helebarte so fest wie die Großmut und die Leutseligkeit, und der Ungerechte richtete wie der Gerechte sein Auge allein auf die nächste Pflicht. Wer mit seinem Leben abgeschlossen und einen Rest seiner Kraft unbeweint zu opfern hatte, galt nicht mehr oder weniger als der aufblühende Knabe, auf dessen Augen die Hoffnung der Mutter und einer ganzen Zukunft stand. Der düster Gesinnte ertrug ohne Murren die halblauten Einfälle des Possenmachers und dieser wiederum ohne Gelächter die kleinen heimlichen Vorkehrungen des Spießbürgers, der neben ihm stand.

Neben dem Banner von Seldwyla ragte dasjenige von Ruechenstein, so daß die Reihen der grollenden Nachbarstädte sich dicht berührten und der Forstmeister, der einen Teil seiner Mitbürger führte und ihren Eckstein bildete, der Nachbar des Ratsschreibers von Ruechenstein war, welcher am Ende einer Rotte der Seinigen stand; allein keiner von ihnen schien dessen zu gedenken, was vorgefallen. Dietegen ging mit den Schützen und verlorenen Knaben außerhalb des Gewalthaufens und lebte schon mitten im furchtbaren Getümmel, als dieser sich jetzt plötzlich in Bewegung setzte und in die Schlacht ging, um einen der ersten Kriegsfürsten mit seinem in Glanz und Üppigkeit strahlenden Heerzuge wie einen Fabelkönig in die Flucht zu schlagen.

Im Drange des harten Streites war der Forstmeister mit einigen seiner Knechte durch burgundische Reiterei von seinem Banner getrennt worden und schlug sich durch die Reiter hindurch, aber nur um einsam unter feindliches Fußvolk zu geraten; in diesem arbeitete er sich getreulich ein Kämmerlein aus, wie ein fleißiger Bergmann; aber eben als er sich auch ein Pförtlein in dasselbe gebrochen hatte, kam durch diese Öffnung eine verspätete und verirrte Stückkugel Karls des Kühnen und zerschlug ihm die breite Brust, also daß er in einem kurzen Augenblicke im Frieden der ewigen Ruhe da lag und nichts ihn mehr beschwerte.

Als Dietegen frisch und gesund aus dem Kampfe und von der Verfolgung der fliehenden Burgunder zurückkam und nach kurzer Nachfrage den gefallenen Freund und Vater fand, begrub er ihn samt seinem Schwerte selbst zwischen die Wurzelarme einer mächtigen Eiche, welche unweit des Schlachtfeldes am Rande eines Haines stand.

Dann zog er mit dem Heere nach Hause und wurde von der Stadt wegen seiner Tapferkeit und Tüchtigkeit für einstweilen in das Forsthaus gesetzt, um dort die Aufsicht zu führen. Mit dem Tode des Forstmeisters war dessen Hausstand aufgelöst. Sein Gut war in den letzten Jahren wegen Unachtsamkeit geschwunden, und Küngolt hatte nichts mehr auf dieser Welt als sich selbst und die Vorsorge Dietegens, soweit er etwa sorgen konnte, da er selbst ein armes Blut war.

Sie saß unbewegt an ihrem Ofen, die Wangen an die rauhen Bildwerke desselben gelehnt, welche den Verlust des Paradieses darstellten in vier oder fünf Bildern, die sich um den ganzen Ofen herum immer wiederholten: die Erschaffung Adams, diejenige der Eva, der Baum der Erkenntnis und die Verstoßung aus dem Garten. Wenn das Gesicht sie von dem Drucke schmerzte, so löste sie es ab und kehrte es gegen die harten Darstellungen, dieselben immer wieder von neuem betrachtend, indessen ihr Tränen entfielen, wenn sich hiezu etwa wieder so viel Kraft gesammelt hatte. Ja, wenn sie jeweilen zu demjenigen Bildwerke kam, welches die Verstoßung aus dem Garten vorstellte, so empfand sie sogar einen Lachreiz. Denn durch die Unaufmerksamkeit des Töpfers oder Bildners hatte auf dieser Platte Adam statt eines vertieften Nabels ein erhabenes rundes Knöpfchen auf dem Bauche, welches regelmäßig auf jeder Verstoßung wiederkehrte. Wenn dann aber Küngolt lachen sollte über diese harmlose Erscheinung, so schnürte ihr dagegen das Elend das Herz und die Kehle zusammen, so daß ein erbärmliches Ringen und ein körperlicher Schmerz daraus entstand für einen Augenblick, bis ihr die Augen übergingen und sie das Gesicht verzog wie jemand, der niesen sollte und nicht kann. Sie vermied daher zuletzt, dieses Bild anzuschauen.

Indessen war auch die Schlacht von Murten geschlagen worden und um die gleiche Zeit die Strafdauer Küngolts zu Ende. Dietegen hatte angeordnet, daß sie in das Forsthaus kommen solle, um dort mit Violanden vorderhand zu hausen, welche jetzt bescheiden, traurig und ziemlich ordentlich geworden war; denn sie hatte in der späten Verlobung mit dem Forstmeister und seinem Tode doch noch etwas Rechtes erlebt und einigen Halt daran genommen. Dietegen selbst aber kam nicht nach Hause, sondern tummelte sich bis ans Ende jener Kriegszüge im Felde herum.

Damit aber auch er nicht ohne Fehl und Tadel aus diesen Schicksalsläufen hervorgehe, hatten die Gewohnheiten des Krieges, verbunden mit dem stummen Schmerze wegen des Verlorenen, eine gewisse Wildheit in ihn gebracht. Er schloß sich jenen rauhen jungen Gesellen an, welche unter dem Namen des törichten Lebens sich aufgemacht hatten, um die der Stadt Genf im Friedensvertrage auferlegte und von ihr hinterhaltene Brandschatzung auf eigene Faust einzutreiben. Aus burgundischen Beutestücken, die ihm zugefallen, hatte er sich Prunkkleider machen lassen; er trug, hinter der tollen Eberfahne herziehend, Gewand von blaßrotem Burgunderdamast; das eidgenössische Kreuz auf Brust und Rücken war von Silberstoff und mit Perlen besetzt. Den Hut überragte rings eine breite Last von wogenden Straußfedern, den in eroberten Lagern zerstreuten Ritterhüten entnommen. Dolch und Schwert trug er reich an kostbarem Wehrgehänge und neben der Feuerbüchse einen langen Speer, an welchem seine tannenschlanke breitschulterige Gestalt sich lässig lehnte und wiegte, wenn er drohend unter seinem Hute hervorschaute, um einen feigen Lärmmacher oder eine Dirn zu schrecken. Er liebte es, etwa eine schreiende Magd bei den Zöpfen zu packen, ihr einen Augenblick forschend ins Gesicht zu sehen und die Erschrockene oder auch Lachende dann wieder laufen zu lassen.

In solcher Tracht war er, ehe er sich zu dem Zuge des törichten Lebens gesellt hatte, auch einen Augenblick auf dem Försterhofe zu Seldwyla erschienen, einem Abkömmling aus uraltem reinem Volksstamme gleichend, so kühn, sicher, stark und zugleich gelenk bewegte er sich.

Als Küngolt ihn so sah, der er im Vorübergehn ein kaltes wildes Lächeln zugeworfen, wie er es sich im Felde angewöhnt, waren ihre Augen wie geblendet. Während er nun in Welschland lag, war es ihr einziges Tun, über die Vergangenheit zu grübeln und in den glücklichen Tagen der verlorenen Kindheit zu leben. Besonders verweilte ihr Sinnen fast zu jeder Stunde auf jener Waldhöhe, wo die Seldwyler Frauen das vom Tode errettete Kind Dietegen einst in seinem Armensünderhemde gekost und mit Blumen geschmückt hatten, und sie eilte, sooft sie konnte, hinauf und schaute voll Sehnsucht nach dem fernen Südwesten, wo man sagte, daß die drohende Schar der unbezwinglichen Jünglinge sich gelagert habe.

Aber in der gleichen Berggegend, welche vom Ruechensteiner Grenzbanne durchschnitten war, kreiste der Ratsschreiber Schafürli herum, der stetsfort nach Heilung des ihm angetanen Schadens oder aber nach Rache dürstete; denn es wartete in Ruechenstein trotz der vermeintlichen Hexerei wegen der Tötung des Schultheißensohnes doch ein offener und geheimer Haß gegen ihn, den er durch den Tod der von den Seldwylern nach Ruechensteiner Ansicht unbestraft gelassenen Küngolt zu sühnen hoffte. Als daher eines Tages die arme Küngolt achtlos gerade auf einem Grenzsteine saß, und zwar so, daß ihre Füße auf dem Ruechensteiner Boden ruhten, trat Schafürli unversehens mit einem Ratsknechte aus den Bäumen hervor, nahm sie gefangen und führte sie gebunden nach seiner Stadt, wo ihr wegen des durch ihre Zauberei herbeigeführten ungesühnten Todes des Schultheißensohnes sofort von neuem der Prozeß gemacht wurde.

In Seldwyla war, zumal in diesen aufgeregten Zeitläufen, niemand mehr, der sich ihrer angenommen hätte, auch wenn ein Erfolg in Aussicht gewesen wäre. Es hieß daher bald, ihr Leben werde wohl dahin sein. Nun war es die einst so schlimme Violande, welche, von Reue und Mitleid erschüttert, sich aufraffte und die einzige Hilfe aufsuchte, die ihr denkbar schien. Sie machte sich auf und wanderte Tag und Nacht gegen Westen, um die Bande des tollen Lebens und Dietegen zu finden. Das Gerücht von dem Treiben der verwegenen Schar leitete sie auch bald auf den rechten Weg und sie fand den Gesuchen, wie er eben mit einigen Gefährten in einer Schenke gleichgültig um Geld würfelte.

Sie gab ihm Kunde von dem neuen Unglücke Küngolts und er hörte ihr wider Erwarten aufmerksam zu, sagte aber dann: »Hier kann ich nichts machen! Das ist eine Rechtssache, und da die Seldwyler selbst nichts tun, so würde ich keine zehn Gesellen finden, die mir folgen würden, um das Kind zu befreien!«

Violande aber, welche von ihrem frühern Wesen und Treiben her alle möglichen Heiratsfälle im Gedächtnisse hatte, erwiderte: »Gewalt ist auch nicht nötig. Die Ruechensteiner haben seit altem her die Satzung, daß ein zum Tode verurteiltes Weib von jedem Manne gerettet werden kann und demselben übergeben wird, der sie zu ehelichen begehrt und sich auf der Stelle mit ihr trauen läßt!«

Dietegen schaute der Sprecherin verwundert und wunderlich ins Gesicht, nicht ohne sein spöttisches Soldatenlächeln. »Ich soll also eine Art Dirne zur Frau nehmen, meint Ihr?« sagte er, indem er seinen hervorsprossenden Schnurrbart drehte und sich sehr ungläubig anstellte, obgleich es ihm durch das Antlitz zuckte. »Sag nicht Dirne«, antwortete Violande, »sie ist es nicht!«

Und plötzlich in Tränen ausbrechend, ergriff sie Dietegens Hände und fuhr fort: »Was sie gefehlt hat, ist meine Schuld, laß es mich bekennen; denn ich wollte euch trennen und beide aus dem Hause bringen, um den Vater zu bekommen! Darum habe ich das Kind zu allen seinen Torheiten verleitet!«

»Sie hätte sich nicht sollen verleiten lassen«, rief Dietegen, »ihre Eltern sind von guter Art gewesen; aber sie ist nicht geraten!«

»Und ich schwöre dir bei meiner Seligkeit«, rief Violande, »es ist alles wie vom Feuer weggebrannt, was sie verunziert hat; sie ist gut und sanft und liebt dich so, daß sie schon längst sich ein Leid ange-tan hätte, wenn du nicht in der Welt zurückbleiben würdest! Übri-gens gedenke doch dessen, was du ihr schuldest! Würdest du jetzt in deiner Kraft und Schönheit dastehen, wenn sie dich nicht aus dem Sarge des Henkers genommen hätte? Und gedenke auch der Mutter Küngolts und ihres braven Vaters, die dich erzogen haben wie ihr eigenes Kind. Und bist denn du der einzige Richter über den Fehl eines schwachen Kindes? Hast du selbst noch nie unrecht ge-tan? Hast du keinen Mann erschlagen in deinen Kriegen, dessen Tod nicht gerade nötig gewesen wäre? Hast du keine Hütten von Armen und Wehrlosen verbrannt? Und wenn du auch dies nicht getan, hast du immer Barmherzigkeit geübt, wo du es gekonnt hät-test?«

Dietegen errötete und sagte: »Ich will nichts geschenkt haben und niemandem etwas schuldig bleiben! Wenn es sich verhält, wie Ihr sagt, mit dem Ruechensteinischen Rechtsbrauche, so will ich hinge-hen und das Kind zu mir nehmen! Möge Gott mir und ihr dann weiter helfen, wenn sie nicht mehr recht tun kann!«

Sogleich gab er der gänzlich erschöpften Frau, die ihm nicht hätte folgen können, einiges Geld, womit sie sich etwas pflegen und zur Rückreise stärken sollte. Er selbst ging augenblicklich, seine Waffen ergreifend, auf und davon, quer durch das Land, und ruhte nicht, bis er die finstere Stadt Ruechenstein erblickte.

Dort hatten sie nicht lange Spaß gemacht, sondern nach wenig Tagen die Küngolt, die im kalten Turme saß, zum Tode verurteilt, und zwar wegen ihres unbescholtenen Vaters, der für das Vaterland gefallen sei, aus besonderer Milde zum Tode durch Enthauptung, statt durch Feuer oder Rad oder eine andere ihrer üblichen Praktiken.

Sie wurde demgemäß zum Tore hinaus geführt nach dem Richtplatze, barfüßig und mit nichts als dem Armensünderhemde bekleidet, Nacken und Rücken von dem schweren flatternden Haare bedeckt. Schritt für Schritt ging sie ihren Todespfad inmitten ihrer Peiniger, zuweilen strauchelnd, aber gefaßten Mutes, da sie sich ergeben und aller weiteren Lebens- und Glückeshoffnung entschlagen hatte. So kann es einem ergehen! dachte sie mit einem fast merklichen Lächeln, und erst als sie plötzlich wieder an Dietegen dachte, entfielen ihren Augen süße Tränen; denn sie bedachte auch, daß er ihr sein blühendes Leben danke, und sie fühlte sich durch dieses Erinnern getröstet, so selbstlos und gut war ihr Herz geworden.

Schon saß sie auf dem Stuhle und war gewissermaßen froh, daß sie nur sitzen und ausruhen konnte von dem mühseligen Gang. Sie schaute zum letztenmal über das Land hin und in den blauen Schmelz der Ferne. Da verband ihr der Henker die Augen und schickte sich an, ihr das reiche Haar abzunehmen, soweit es unter der Binde hervorquoll, als Dietegen in einiger Entfernung zum Vorschein kam und mächtig rufend seinen Hut und seinen Spieß schwenkte. Gleichzeitig aber, um die Handlung aufzuhalten, riß er seine Büchse von der Schulter und sandte eine Kugel über den Kopf des Henkers weg. Überrascht und erschreckt hielten die Richter inne und alles griff zu den Waffen, als der reisige Jüngling in weiten Sätzen heran und auf das Blutgerüste sprang, daß dasselbe von der Wucht seines Sprunges beinahe zusammenbrach. Die sitzende Küngolt bei der Schulter fassend, da ihre Hände auf dem Rücken gebunden waren, suchte er eine Weile nach Atem, eh er sprechen konnte. Die Ruechensteiner, als sie sahen, daß er allein war und kein weiterer Überfall erfolgte, harrten der Dinge, die da kommen sollten, und als er endlich sein Begehren erklären konnte, traten sie zur Beratung der Angelegenheit zusammen.

Sowohl ihre Art, an den einmal herrschenden Rechtsgewohnheiten unverbrüchlich festzuhalten, als das Ansehen, welches Dietegen in diesen kriegerischen Tagen und mit seiner ganzen Erscheinung behauptete, ließen den Handel ohne Schwierigkeit beilegen, nachdem der grämliche Verdruß über die ungewöhnliche Störung einmal überwunden war. Selbst der Ratsschreiber, der sich nicht versagt hatte, sein Amt in dieser Sache selbst zu versehen und sich von dem Untergange der Hexe zu überzeugen, verbarg sich, so gut er konnte, um den wilden Kriegsmann, dessen Hand er trotz seines Mutes fürchtete, nicht auf sich aufmerksam zu machen.

Der gleiche Priester, der vorher mit der Verurteilten gebetet hatte, mußte nun stehenden Fußes die Trauung auf dem Gerüste vornehmen. Küngolt wurde losgebunden, auf die schwankenden Füße gestellt und befragt, ob sie diesem Manne, der sie zu ehelichen begehre, als seine rechte Ehefrau folgen und ihm ihre Hand geben wolle.

Stumm blickte sie zu ihm auf, der das erste war, was sie nach abgenommener Augenbinde von der Welt wieder sah, und sie blickte wie in einen Traum hinein; doch um, auch wenn es ein solcher wäre, nichts zu verfehlen, nickte sie, da sie nicht reden konnte, mit Geistesgegenwart und geisterhaft drei oder vier Mal, und gleich darauf noch ein paar Mal, so daß selbst die düstern Ratsmänner gerührt wurden und die Zitternde stützten, als sie hierauf in aller Form mit dem Manne verbunden wurde.

Erst jetzt wurde sie ihm mit Leib und Leben, wie sie stand und ging, ohne Nachwähr noch irgend einigen Anspruch auf Gut oder Schadensersatz übergeben, gegen Erlegung der Gebühr für den Trauschein dem Pfaffen und Bezahlung von zehn Kopf Weins für den Scharfrichter und seine Knechte, als Hochzeitgabe, auch drei Pfund Heller für ein neues Wams dem Scharfrichter.

Als er alles bezahlt hatte, nahm Dietegen sein Weib bei der Hand und verließ mit ihr den Richtplatz. Weil er sie aber nehmen mußte, wie sie stand und ging, und sie barfuß und mit nichts als dem Totenhemde bekleidet, auch die Jahrszeit noch früh und kühl war, so befand sie sich nicht gut und konnte nicht wohl neben dem Manne fortkommen. Er hob sie daher vom Boden auf den Arm, schob seinen Hut über die Schultern zurück, sie schlang sogleich ihre Arme um seinen Nacken, legte ihr Haupt auf das seinige und schlief nach wenigen Schritten ein, die er mit dem Speer in der anderen Hand zurücklegte. So wandelte er rüstig weiter auf einsamer Höhe und fühlte, wie sie im Schlafe leise weinte und ihr Atem in süßer Erlösung freier wurde, und als ihre Tränen seine Stirne benetzten, da wurde es ihm zumute, als ob er vom seligen Glücke selbst getauft würde, und dem rauhen starken Gesellen rollten die eigenen Tränen über die Wangen. Sein war das Leben, das er trug, und er hielt es, als ob er die reiche Welt Gottes trüge.

Als sie auf der Stelle anlangten, wo er selbst als Kind im Sünderhemdchen unter den Frauen gesessen und kürzlich Küngolt gefangen worden war, schien die Märzensonne so hell und warm, daß ein kurzes Ausruhen erlaubt schien. Dietegen setzte sich auf den Grenzstein und ließ seine reiche Last sachte auf seine Kniee nieder; der erste Blick, den die Erwachende ihm gab, und die ersten armen Wörtchen, die sie nun endlich stammelte, bestätigten ihm, daß er nicht sowohl eine Pflicht treu erfüllt als eine neue eingegangen habe, nämlich diejenige, so gut und wacker zu werden, daß er des Glückes, das ihn jetzt beseelte, auch allezeit wert sei.

Der Boden um den Markstein her war schon mit Maßliebchen und andern frühen Blumen besät, der Himmel weit herum blau, und kein Ton unterbrach die Nachmittagsstille als der Gesang der Buchfinken in den Wäldern.

Weiter sprachen sie nun nichts, sondern atmeten einträchtiglich in die laue Luft hinaus; endlich aber erhoben sie sich, und weil der Weg nur noch über weichen Moosboden durch die Buchenwaldung abwärts führte nach dem Forsthause, so gingen sie nun nebeneinander hin.

Unversehens griff Küngolt an ihr Goldhaar, welches sie erst jetzt abgeschnitten glaubte, und da sie es noch fand, wie es gewesen, stand sie still und sagte zu Dietegen, indem sie ihn treuherzig ansah: »Kann ich nicht noch ein Brautkränzchen bekommen?«

Er sah sich um und gewahrte eine glänzend grüne Stechpalme. Rasch schnitt er einen starken Zweig von dem Strauche, machte einen Kranz daraus und setzte ihr denselben sorgsam aufs Haupt mit den Worten: »Es ist ein rauher Brautkranz, aber wehrhaft, wie unsere Ehre es jederzeit sein soll! Wer sie mit Wort oder Tat beleidigen will, wird die Strafe fühlen!«

Er küßte sie hierauf ein einziges Mal fest unter ihrem Kranze und sie ging zufrieden weiter mit ihm.

Das Forsthaus stand leer und verlassen, als sie es erreichten. Das Gesinde hatte sich wegen der vermeintlichen Hinrichtung teils aus Trauer, teils aus ungetreuem Leichtsinn verlaufen und niemand kehrte an diesem Tage mehr zurück. Um so traulicher wurde das rasch auflebende junge Weib mit jedem Augenblick. Sie eilte von Schrank zu Schrank, von Kammer zu Kammer, und bald erschien sie in dem köstlichen Brautkleid ihrer Mutter, von welchem sie ihrem jetzigen Manne in jener Nacht erzählt, als sie zusammen im gleichen Kinderbettchen gelegen. Dann deckte sie den Tisch mit festlichem Linnen und trug auf, was sie an Speise und Wein hatte finden und bereiten können.

In tiefer Stille und Einsamkeit saßen sie nun nebeneinander, sie in ihrem Kranze und er mit abgelegten Waffen, und nachdem sie ihr einfaches Mahl genossen, gingen sie zur Ruhe. »So kann es einem ergehen!« sagte Küngolt heute zum zweiten Male und mit leichterm Herzen leise vor sich hin, als sie zufrieden an der Seite ihres Mannes lag; denn es blieb immer ein Restchen von Schalkheit in ihr.

Dietegen wurde ein angesehener Mann durch das Kriegswesen, nicht besser als andere jener Zeit, vielmehr den gleichen Fehlern unterworfen. Er wurde ein Feldhauptmann, der für oder wider die fremden Herren Partei nahm, Söldner warb, Gold und Beute raffte und so von Krieg zu Krieg sein Wesen trieb, gleich den Ersten seines Landes, so daß er emporkam und einen oft gewalttätigen Einfluß übte. Allein mit seiner Frau lebte er in ununterbrochener Eintracht und Ehre und gründete mit ihr ein zahlreiches Geschlecht, das jetzt noch in Blüte steht in verschiedenen Ländern, wohin der kriegerische Zug der Zeiten die Vorfahren einst getrieben.

Violande ihrerseits war bald nach der Hochzeit Dietegens und Küngolts, die ihr zum Troste gereicht hatte, in ein wirkliches Kloster gegangen und eine wirkliche Nonne geworden, welche den Kindern Küngolts zuweilen allerlei Backwerk und Näschereien sandte. Auch gefiel sie sich darin, wenn Herr Dietegen auf der Höhe seines Ansehens etwa große Gasterei hielt und mit langem Bart und goldener Ritterkette dasaß, als geistliche Frau auf Besuch zugegen zu sein, mit einem goldenen Kreuze auf der Brust, und intrigante höfliche Reden mit den Kriegsherren zu wechseln.

Wie Küngolt im Anfange des sechszehnten Jahrhunderts ausgesehen, ist noch aus dem Bilde eines guten Malers zu entnehmen, welches in einer bekannten Galerie hängt und laut Inschrift ihr Bildnis ist. Man sieht da eine schlanke feine Patrizierfrau, deren schöne Gesichtszüge einen gewissen tiefen Ernst verkünden, durchblüht aber von sanfter kluger Laune.

Auch sie starb noch in guten Jahren an einer Erkältung, gleich ihrer Mutter, der Forstmeisterin, als nämlich ihr Mann in einem der Mailänder Feldzüge endlich ums Leben kam und auf dem Friedhofe eines lombardischen Kirchleins begraben wurde. Sie eilte hin, in der Absicht ihm ein Grabmal zu errichten, in der Tat aber um ungesehen eine lange Regennacht hindurch auf seinem Grabe zu sitzen, so daß ein Fieber sie in zwei Tagen dahinraffte und sie an der Seite Dietegens ihre Ruhestatt fand.

Über tredition

Eigenes Buch veröffentlichen

tredition wurde 2006 in Hamburg gegründet und hat seither mehrere tausend Buchtitel veröffentlicht. Autoren veröffentlichen in wenigen leichten Schritten gedruckte Bücher, e-Books und audio-Books. tredition hat das Ziel, die beste und fairste Veröffentlichungsmöglichkeit für Autoren zu bieten.

tredition wurde mit der Erkenntnis gegründet, dass nur etwa jedes 200. bei Verlagen eingereichte Manuskript veröffentlicht wird. Dabei hat jedes Buch seinen Markt, also seine Leser. tredition sorgt dafür, dass für jedes Buch die Leserschaft auch erreicht wird.

Im einzigartigen Literatur-Netzwerk von tredition bieten zahlreiche Literatur-Partner (das sind Lektoren, Übersetzer, Hörbuchsprecher und Illustratoren) ihre Dienstleistung an, um Manuskripte zu verbessern oder die Vielfalt zu erhöhen. Autoren vereinbaren direkt mit den Literatur-Partnern die Konditionen ihrer Zusammenarbeit und partizipieren gemeinsam am Erfolg des Buches.

Das gesamte Verlagsprogramm von tredition ist bei allen stationären Buchhandlungen und Online-Buchhändlern wie z. B. Amazon erhältlich. e-Books stehen bei den führenden Online-Portalen (z. B. iBookstore von Apple oder Kindle von Amazon) zum Verkauf.

Einfach leicht ein Buch veröffentlichen: **www.tredition.de**

Eigene Buchreihe oder eigenen Verlag gründen

Seit 2009 bietet tredition sein Verlagskonzept auch als sogenanntes "White-Label" an. Das bedeutet, dass andere Unternehmen, Institutionen und Personen risikofrei und unkompliziert selbst zum Herausgeber von Büchern und Buchreihen unter eigener Marke werden können. tredition übernimmt dabei das komplette Herstellungs- und Distributionsrisiko.

Zahlreiche Zeitschriften-, Zeitungs- und Buchverlage, Universitäten, Forschungseinrichtungen u.v.m. nutzen diese Dienstleistung von tredition, um unter eigener Marke ohne Risiko Bücher zu verlegen.

Alle Informationen im Internet: **www.tredition.de/fuer-verlage**

tredition wurde mit mehreren Innovationspreisen ausgezeichnet, u. a. mit dem Webfuture Award und dem Innovationspreis der Buch Digitale.

tredition ist Mitglied im Börsenverein des Deutschen Buchhandels.

Dieses Werk elektronisch lesen

Dieses Werk ist Teil der Gutenberg-DE Edition DVD. Diese enthält das komplette Archiv des Projekt Gutenberg-DE. Die DVD ist im Internet erhältlich auf **http://gutenbergshop.abc.de**